李林诗书画作品集

李 林◎著

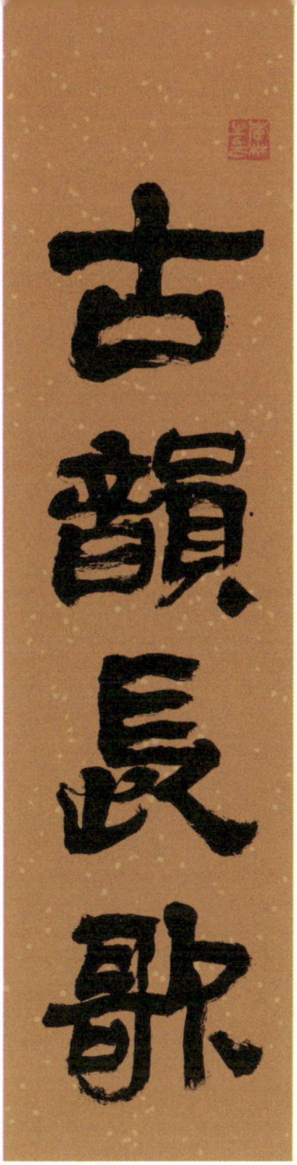

中国工人出版社

图书在版编目（CIP）数据

古韵长歌：李林诗书画作品集 / 李林著. —北京：中国工人出版社，2021.12
ISBN 978-7-5008-7808-7

Ⅰ.①古… Ⅱ.①李… Ⅲ.①诗词—作品集—中国—当代 ②汉字—法书—作品集—中国—现代③中国画—作品集—中国—现代 Ⅳ.①I227 ②J222.7

中国版本图书馆CIP数据核字（2022）第005721号

古韵长歌：李林诗书画作品集

出版人	董　宽
责任编辑	白原远
责任校对	赵贵芬
责任印制	栾征宇
出版发行	中国工人出版社
地　　址	北京市东城区鼓楼外大街45号　邮编：100120
网　　址	http://www.wp-china.com
电　　话	（010）62005043（总编室）　（010）62005039（印制管理中心）
发行热线	（010）82029051　62383056
经　　销	各地书店
印　　刷	三河市东方印刷有限公司
开　　本	710毫米×1000毫米　1/16
印　　张	18.75
字　　数	32.4千字
版　　次	2023年4月第1版　2023年4月第1次印刷
定　　价	68.00元

序

《古韵长歌——李林诗书画作品集》行将付梓，好不快哉！

余与李林先生同庚，因其文采而相识、因其人品而相交、因其志趣而相契，忽忽已三十余载。机关同事，披肝沥胆；纹枰对弈，倾谈古今；莫逆之交，亦莫过于此也。

李林先生天资秀颖，公务之余，酷爱琴棋书画，终日与先贤神交，与名篇意会，不舍昼夜、不间寒暑。虽身处浮躁喧嚣、滚滚红尘之内，却潜心志道游艺，笔耕不辍。其诗文书画才情沛然，襟怀磊落，有超然物外、宠辱不惊之淡定从容，其倚心手之功力，写古雅之风韵，岂不可品、可赏乎？

诗以言志、书以载道、画以遣兴。古之善书画者，非独善于书画，亦善诗文也。自唐王维始，宋苏东坡、米芾，元四家、明吴派诸家、清四王四僧并八怪乃至近现代吴昌硕、陶博吾者，皆讲究诗书画合璧。李林先生亦雅尚“诗书画三绝”，效古贤而内修心，参道艺而抒性灵。字如其人、诗如其人，画亦如其人。李林先生洁身自爱，正大耿直，虽身在公门，然未易雅士性情，观其诗书画，有心境高雅、淡泊闲远之意。其诗“缘物寄情，抒人生之况味；托兴述怀，发家国之情思”，辞质而径、言直而切，格律工稳，风格清新，时有意味深长之句。其书少有基础，近年又经磨砺，已然自成风格。其北碑南帖俱学，可谓兼擅南北，并融诸家，尤善草书、行草及隶书；笔下隽拔遒润，酣畅排宕，颇具林泉逸兴，诗情墨趣，风神可嘉。其画主攻写意，起步虽晚，但借石攻玉，三艺互彰，亦洵可观也，或含千帆过尽之寂，或见结庐山野之幽，细细品之，令人意远。

“兹文无尘虑，高云共片心。”李林先生大作功成，披览书稿，徜徉其中，不胜感慨。爰措拙句，权以为序耳。

景德镇陶瓷大学党委书记　梅仕灿

时在辛丑桂秋

目录

卷一　悟本心

卷二 悟修身

卷三　悟自然

卷四　悟大道

卷一

悟本心

所有的浮浮沉沉，所有的人是人非，不过是为我们洗尽铅华，明悟本心。

贺 新 年

梅开驿外荒凉甸，任意西东独自怜。
雪月风寒霜烈夜，欣然把酒贺新年。

注释：听闻孩子喧闹，围炉把酒言欢。纵然窗外寒风凛冽，新的一年终将充满希望，只管迈步前行。

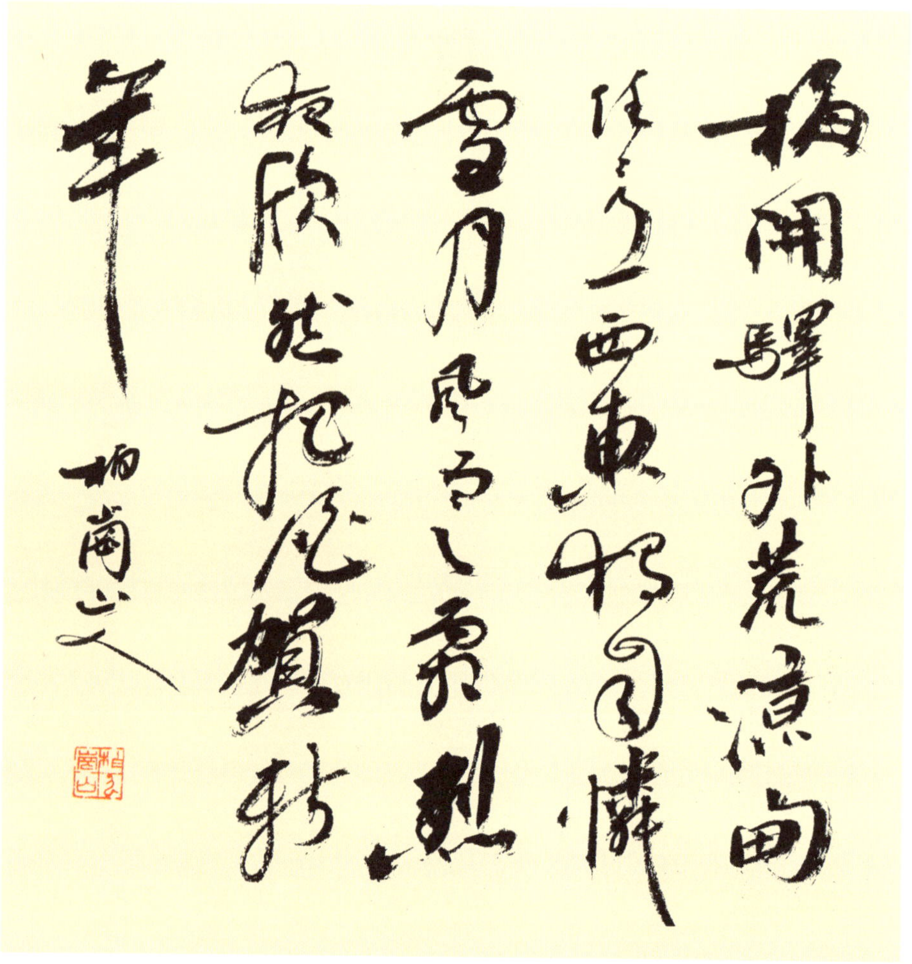

腊 八 粥

岁末凌寒遍野空，晨钟唤醒眼蒙眬。
菩提成佛恩施粥，寺院门前腊八逢。

迎 新 年

窗外华灯暮色深，岁除前夜雨淋淫。
一年又到团圆日，梦里思亲泪满襟。

注释：除夕前夜，细雨绵连。在团圆之夜里听风听雨，不由怀念逝去的亲人，撒墨满纸皆是离别。

回眸鼠年

午夜寒梅斗雪开，狂风倥偬散尘埃。
愁云鼠去烟霾尽，往事清零泰运来。

注释：鼠年一切的艰辛和苦难，都像是一场场命定的不期而遇。而一切未来的岁月，均是生活赋予自己施展想象的留白。

回家过年

客路遥程风雨疾，春来故里度丰年。
只聊异域离乡苦，不论红尘问月圆。

注释：周遭一切都在变，唯有想要回家过年的这份情感不会变。对于故乡，我们永远是个孩子。

写 楹 联

岁末熙阳灿，挥毫缮对联。
飞霞西渐下，送福暖心田。

注释：春节临近，挥毫泼墨，为乡里撰写楹联。虽劳累，但快乐。

过 大 年

鼠闹寰球近眼前，金牛仰首气冲天。
春来一枕轻风送，沐雨驱尘过大年。

暮岁迎新年

寂谧孤灯夜漫长，清寒月色映天苍。

倚栏静默迎新岁，报点佳时一炷香。

注释：暮岁临春，孤灯夜长。在这个充满希望的冬日，静静等待春暖花开，让生命不断丰盈。

辛丑正月初一抒怀

岁首元辰日放晴，鸟嬉树上闹盈盈。
春风拂面婾闲度，赣水东流万古情。

元宵节感怀

淡淡长空云雾缈，绵绵细雨闹元宵。
春风总是招人醉，独坐窗前我自聊。

注释：新春的第一个月圆之夜，本应是舞龙看花灯闹元宵的，却下起了连绵细雨，只能独坐窗前听雨。

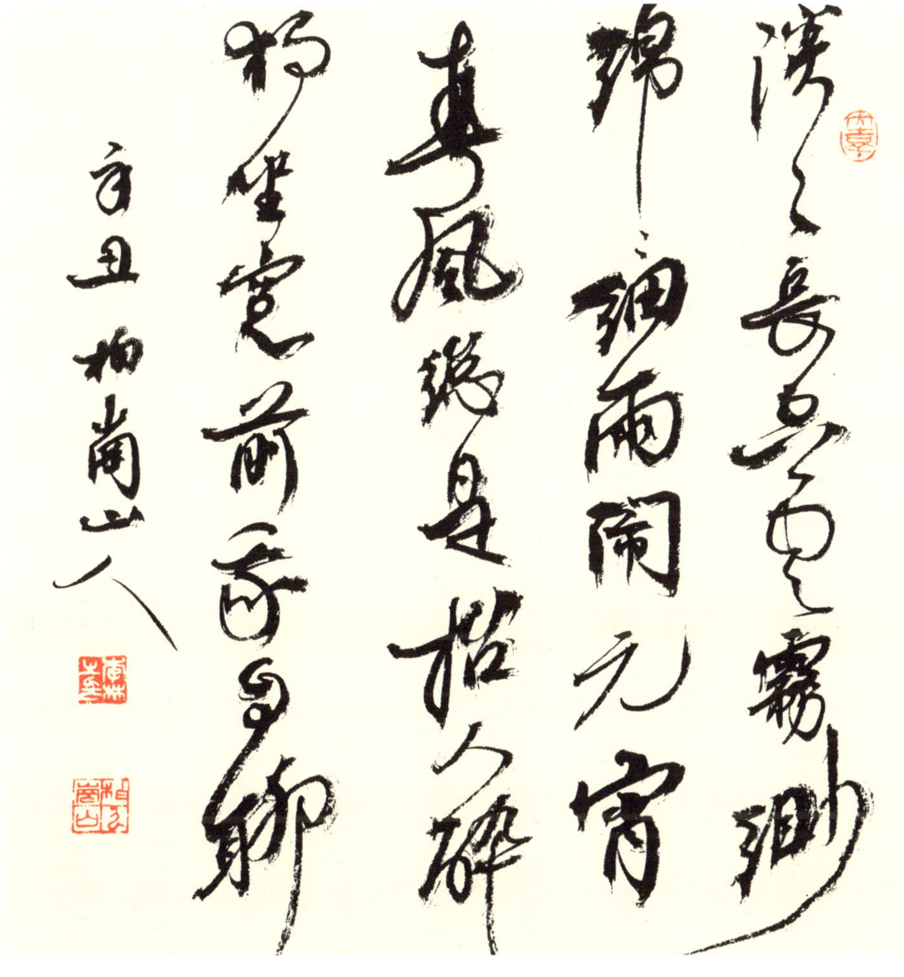

元宵夜话

月半花灯盈市巷，千家万户喜洋洋。
如烟往事深杯尽，一碗汤圆瑞气香。

二月二日龙抬头

春光冉冉含香气，两两三三踏翠时。
二日神龙初吐雾，妆前粉黛意迟迟。

注释：二月初二，新月伊始。龙不抬头，天不下雨。见龙在田，万物生长。

清明祭祖

手捻黄花悲气令，连天细雨泪沾巾。
年年岁岁无穷尽，解释人生似转轮。

注释：祭祖是眷念过往的一种形式。死亡是一个永恒而又古老的话题，无人能逃避。死者已逝，存者当哭。

清明节感怀

昔日清明遭戾疫，今来一路祭亲人。
轻风净澈妆新柳，草木繁枝满绿茵。
遍地花丛晴朗密，长天浩气散飞尘。
坟前历历伤心事，膝下朦朦泪湿巾。

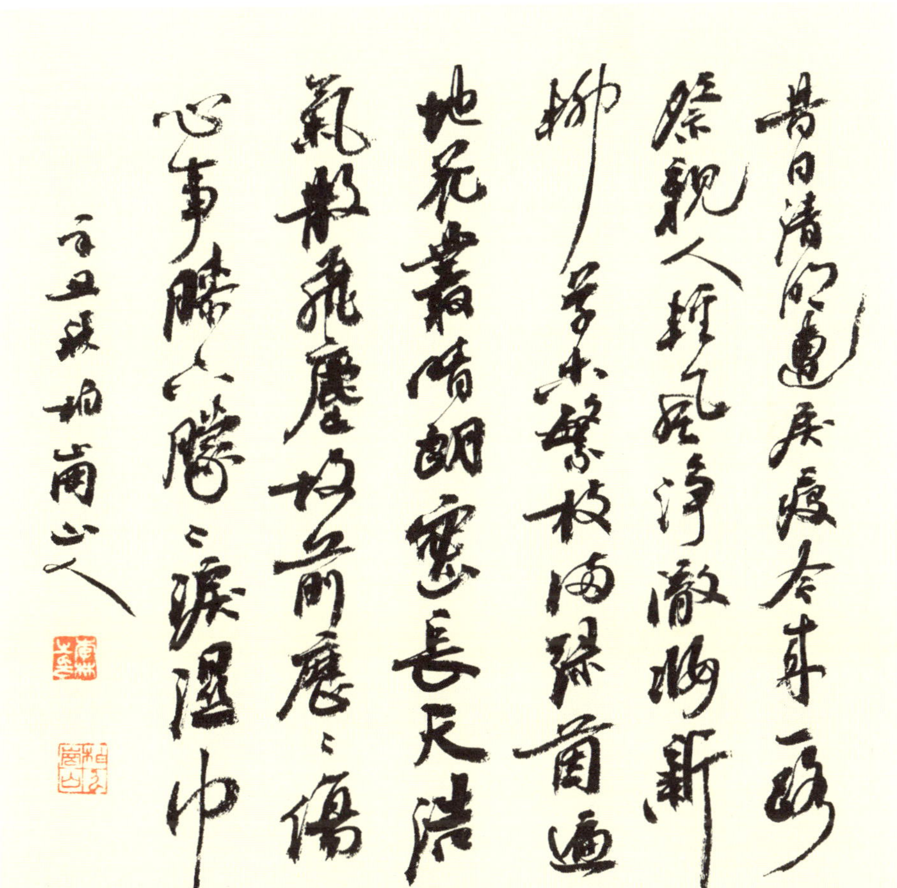

五四青年节感怀

醉步云烟涧，篁山冒嫩尖。
琼林幽径处，雨后绿生添。

端阳祭屈子

五月端阳艾草芳，汨罗江畔雾苍茫。
浮云片片舒徐逝，绝代离骚唱断肠。

注释：祭奠屈原，是在纪念他不沆瀣一气、同流合污，不见风使舵、见利忘义，在物欲横流的世界中以生命坚守心中的道义。

父亲节忆父爱

载子携妻尘路急，一行贺岁恐来迟。
膝头依恋家尊爱，剪甲轻怜我自知。

注释：有些爱总喜欢藏起来，有些守护不需要说出来。父爱如山！

七 夕 节

秋韵虚缥缈，长虹架鹊桥。
牛郎牵织女，起舞弄云霄。

注释：纤云弄巧，银汉迢迢。相逢，胜却人间无数。织女牛郎，携手共度，朝朝暮暮。

赞教师

春蚕吐尽尘埃落，蜡炬成灰岂遂哀。
笃定平生从一业，花开花谢育英才。

注释：教师是不灭烛光，是吐丝春蚕。用苦躬播种、耕织理想，实现科教兴国，民族腾飞。

立春前三日望子归

桥下清潭映彩霞，轻风拂树暖青芽。
寒归腊尽余三日，白发门前远望娃。

注释：立春将至，一家团圆。为子者归心似箭，为父母者望眼欲穿。

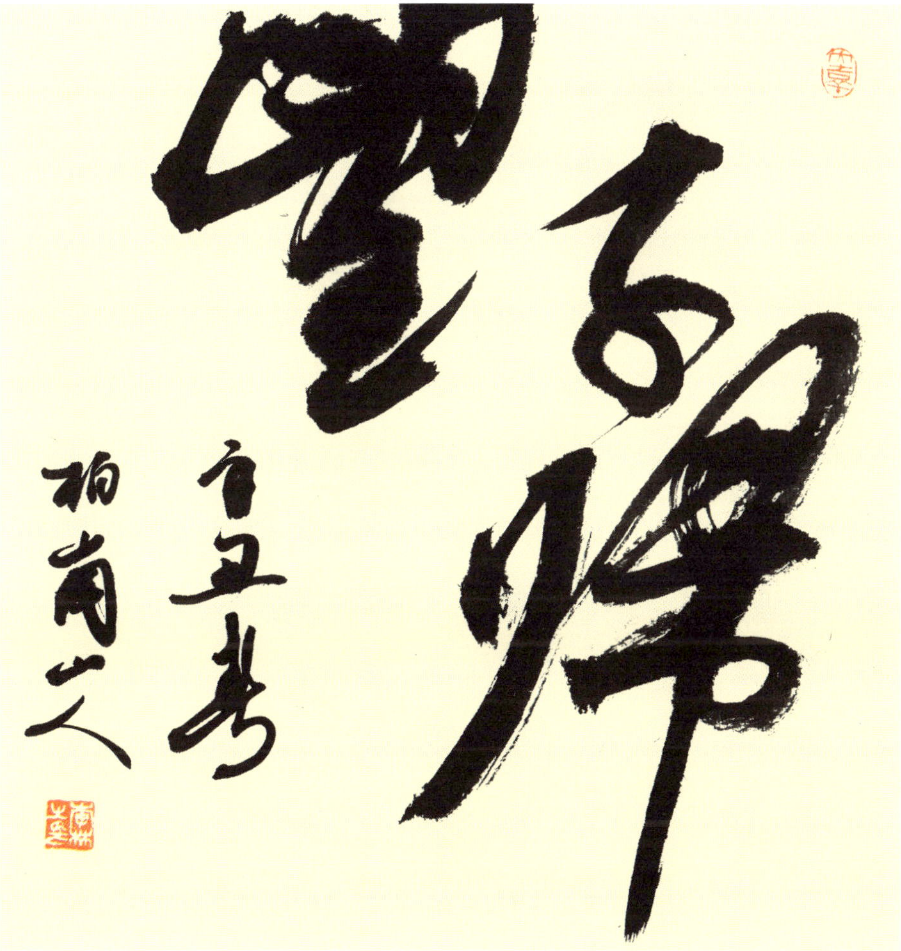

祭芒神

庶物皆春柳色新，山青水润映红唇。
如莲心事清风颂，祭拜芒神洗垢尘。

注释：立春前三日，人们要祭祀芒神，迎接孟春之月，祈求丰收。

立春抒怀

夜半微风起，昏然已立春。

芽青端渐绿，鼠尽又开轮。

注释：立春是二十四节气中的第一个节气，“春种、夏长、秋收、冬藏”，以立春为春季的开始，也是一年之始。

惊　蛰

庶物逢惊蛰，春雷破九冰。
神州瘟疫去，四海点花灯。

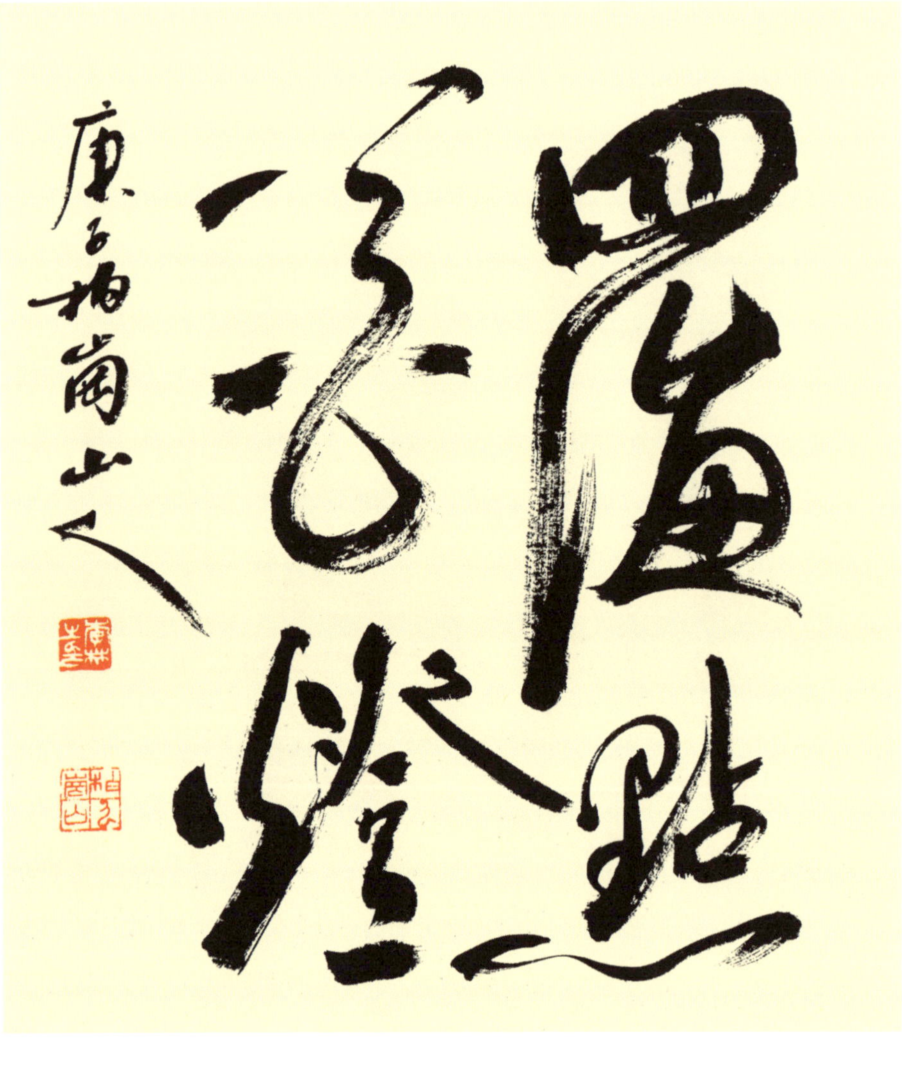

惊蛰感怀

细细和风杨柳岸，惊雷始作雨初生。
桃梨婀娜含姿笑，更有堂花睒艳争。

春日感怀

旷野春风青草放，桃花绚烂又相逢。
红尘白首轻狂去，已谢芳华自雅容。

春分两则

（一）

春风春日春分半，满地梨花胜雪寒。
醉里寻芳潜入梦，如烟绿意遍山峦。

（二）

阴阳两半春分漾，梨白桃红彩蝶忙。
江水初平迎紫燕，飞莺赏遍满园香。

倒　春　寒

淫雨江天外，春寒酝雾霾。
云深风急夜，惆怅入君怀。

窗前望柳烟

雾满苍穹似暮天，芳兰案上展佳妍。
千年赣水东流去，独立窗前眺柳烟。

注释：春暖花开，草长莺飞，一夜之间，薄雾锁江。在这个柳絮飘飞的日子，就连空气里都弥漫着一股浓浓的春意。

忆江南

古树青青连两岸，灵溪画舫棹轻移。
阳春三月芳菲早，小径幽深绿满枝。

四月韶华

柳色青丝春水暖，桃花依旧隐尘烟。
一江愁绪云消散，不负韶华四月天。

注释：告别三月阴雨绵绵，来到人间最美四月天。美好时光里，忘记一切愁绪，沏一壶满满的春色为茶，温一壶流转的时光做酒，焚一炉优雅的文字含香。

小满掠影

嫩笋篁根上，青梅雨后黄。
石榴花似火，布谷鸟鸣长。

注释：小满，二十四节气中的第八个节气，夏季的第二个节气。意味着进入了大幅降水的雨季，雨水开始增多。

清香漫楼台

仲夏瑶芳相竞艳，纤纤玉指采花来。
细挑慢剪仙枝弄，缕缕清香漫风台。

注释：仲夏花开，群芳斗艳。清风徐来，奇香如缕。拈花一笑，翩然两忘。

无　题

独步萤光路，天寒瘦影孤。
凄风连细雨，夜半醉西湖。

注释：秋色已深，凄风细雨。人生无题，漂泊不虚。

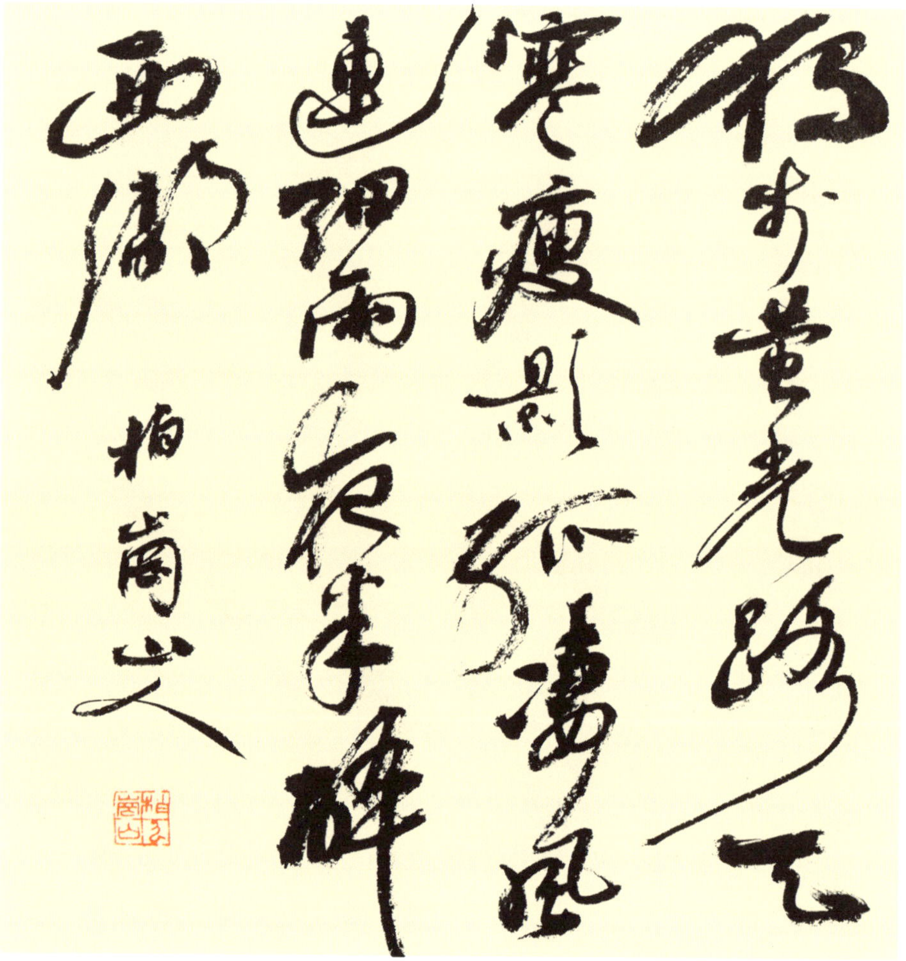

白露秋风

白露秋风日渐凉，庭前叶落稻浪扬。
蒹葭漫路苍茫重，半夜温书一炷香。

注释：金风玉露一相逢，就知秋来。叶落庭前，蒹葭满路，我吹灭读书灯，一身都是月。

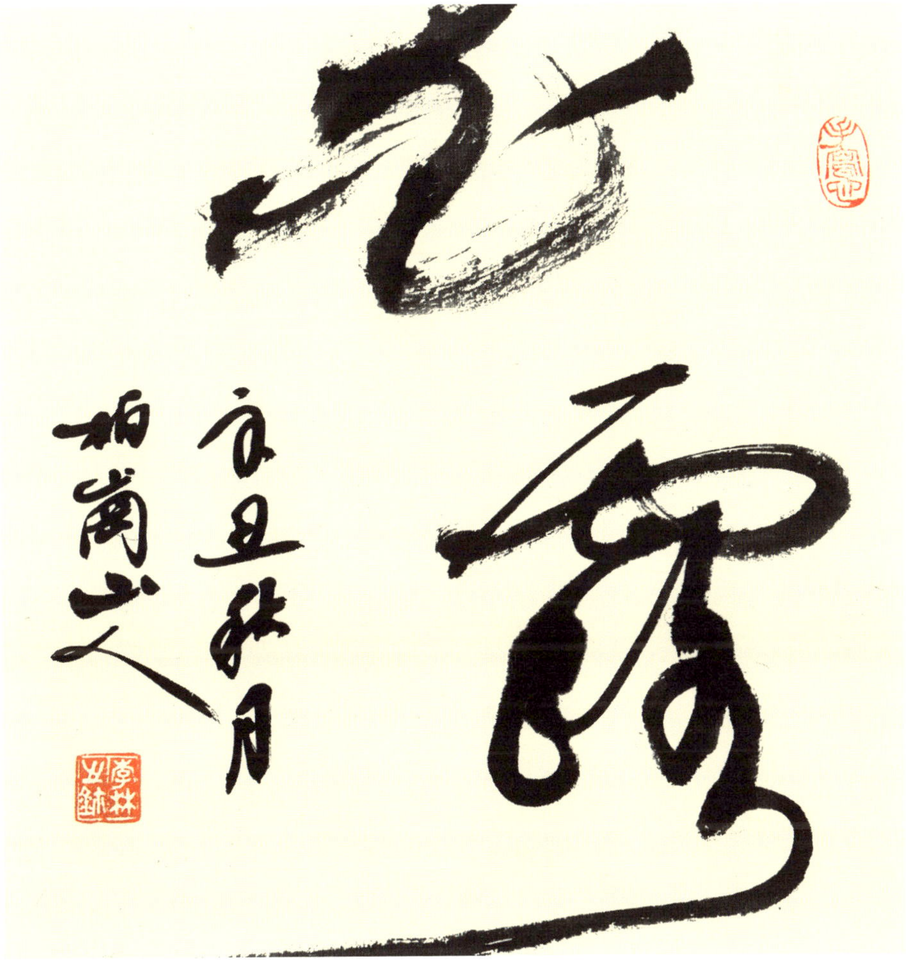

悼 大 伯

萧瑟秋风寒夜度，哀音噩讯梦中传。
冻梨又二西行去，驾鹤轻离已断弦。
荆棘终生穷尽路，孑孓一世令人怜。
诗文满腹心孤傲，万卷藏书寂黯然。

注释：夜里讣闻大伯仙逝，无限悲痛，赋诗谨以寄托哀思。

寒　露

西风飒飒深秋秀，菊酒芦飞逝水流。
满地落英寒露至，孤身月下乐悠悠。

注释：深秋天寒，风起叶落，抬头可望明月，低头可饮菊酒。芦花满天，秋水东流，从今而始，露水更凉，遍地凝霜。

立　冬

立冬未遇飞霜重，暖日轻风漫碧空。
野外丹枫迎踏客，梅花不觉傲寒中。

注释：水始冰、地始冻，一不留神，老了蚂蚱，落了梧桐。霜降之后，便是立冬。

邂逅小雪

寻梅踏雪征程累，不觉溪边赏紫薇。
暮色残阳篱渐远，一腔愁绪满天飞。

注释：在小雪的这一天，有一些愁绪，有一些梦想，在天寒地冻的日子里，被悄悄唤醒。

大雪咏叹调

冷冽寒风梅傲雪，清霜遍野鸟惊飞。
山河银色嘉年兆，户户堂前腊肉肥。

无　题

大雪熙阳照，寒风柳叶摇。
行舟飘醉漾，白浪引潇潇。

冬寒月饮

素色苍穹风雪夜，窗前放眼待春回。
冰寒兀坐天葱绽，月下伊人共几杯。

注释：窗外冬寒，杯中酒暖。心中有暖，何惧冬寒。

初　雪

雀鸟黎明闹，天花漫地飘。
轻盈妆玉树，垂柳更多娇。

冬至前祭先人

霏霏雾霭昏昏醒，阵阵寒风已向晨。
聚散匆匆冬至日，轻车掩泪祭亲人。

注释：每当冰天雪地寒风凛冽的冬至时节，在去先人墓前祭拜的时候，通往儿时的记忆闸门便自动打开，所有的怀念总是那么刻骨铭心。

冬至

冰天几日无其奈，满地松针踏雪皑。
软爽汤圆消冷意，贺冬待客瑞年来。

冬至感怀

细雨邀冬至，寒霜煮小诗。
今宵临九夜，坐看蜡梅姿。

注释：岁寒见冬至，不觉已是冬。年关将近，余日不多，用迎接新岁的美酒，写两行清浅的诗句，让寒冬中充溢暖暖的亲情。

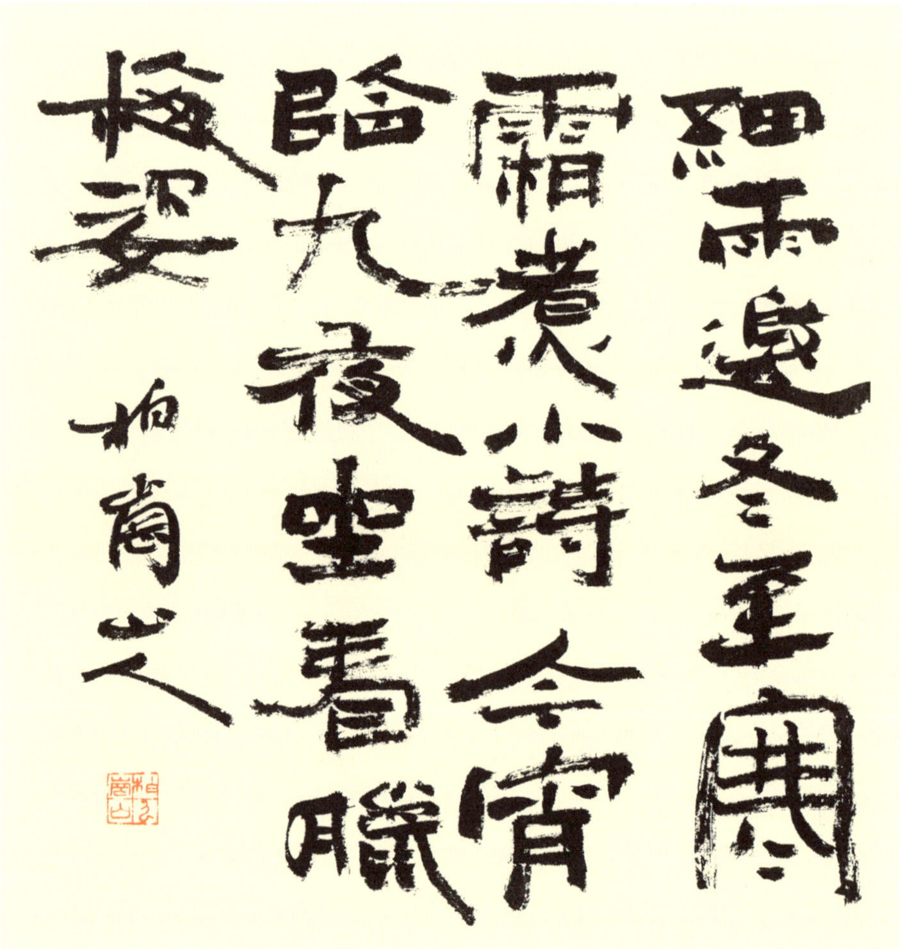

冬日旷野情

翦翦清风芦荻荡，橘红黄柚待君尝。
无情最是时光味，醉梦依稀泪两行。

注释：远离繁华喧嚣来到暖阳高照的旷野，便有了深邃、空旷、宏阔之美。

冬寒倚窗思旧人

雁过寒潭立树头，只缘碧水映琼楼。
繁华毕竟东流去，望月倚窗独自愁。

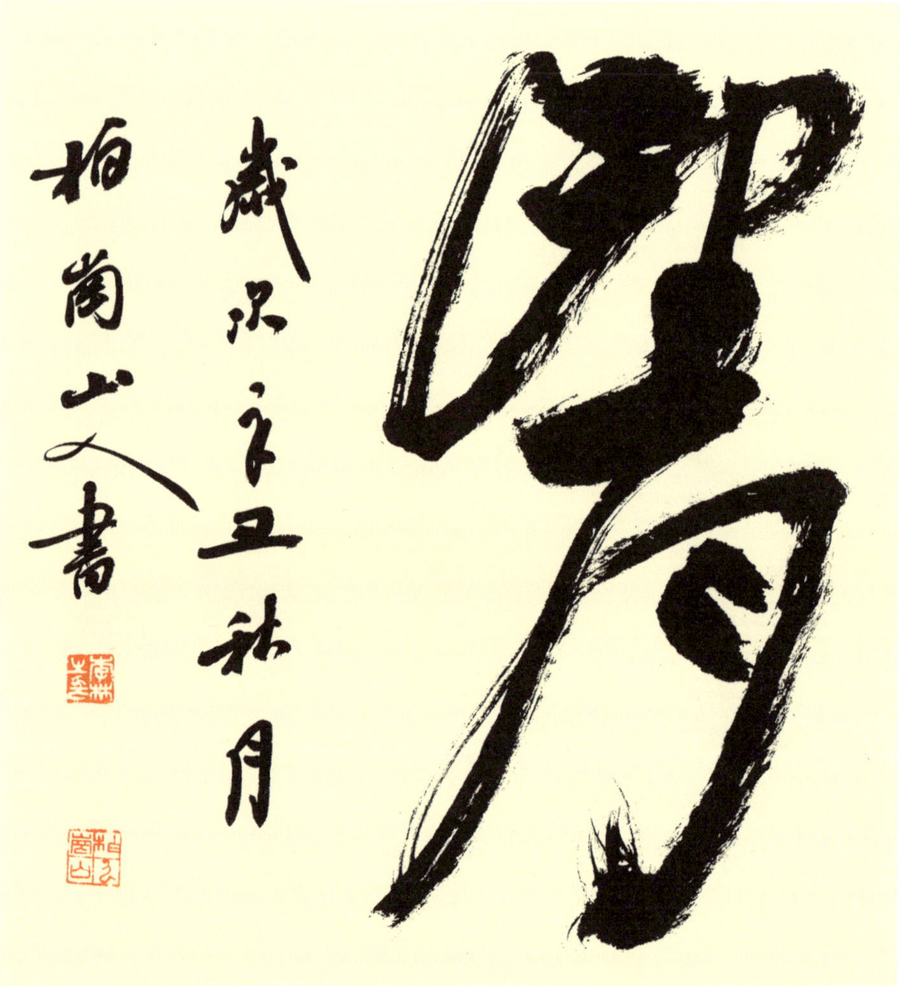

无　题

孤灯月落寒霜夜，冬至悠然只等闲。
鸿雁南飞传远信，黄昏已是水云间。

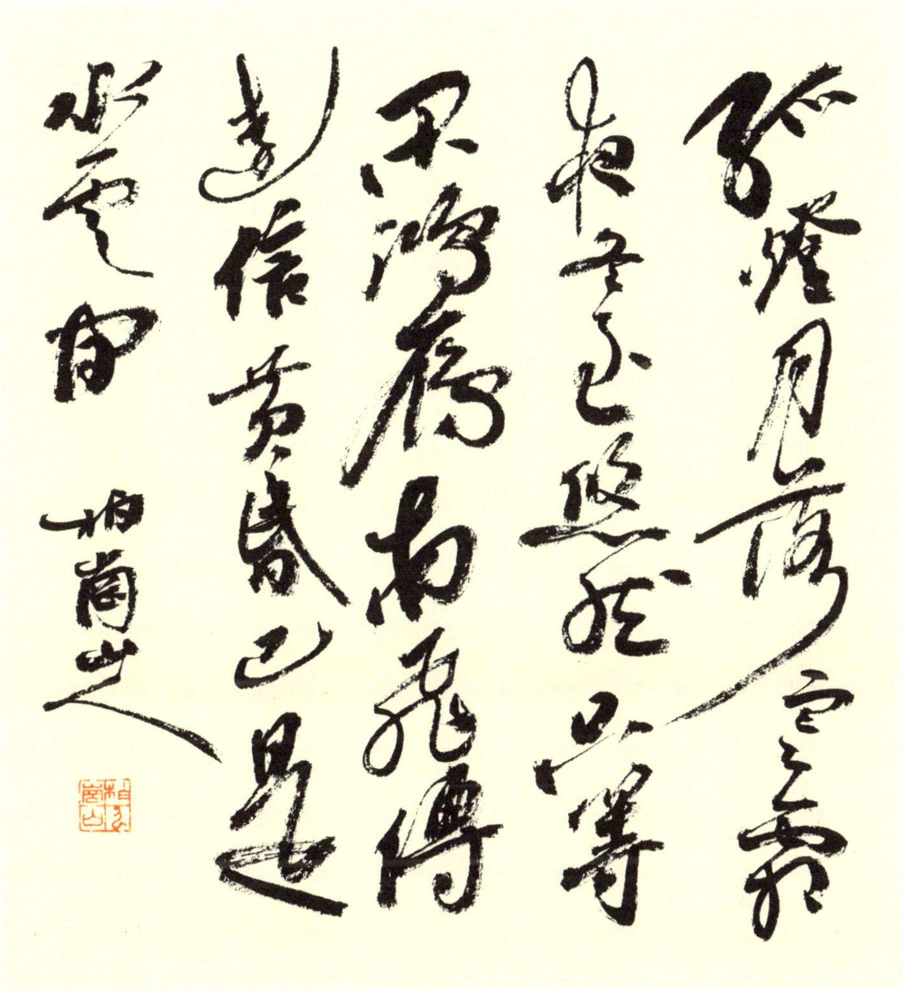

冬　韵

殷冬暖日庭前院，腊肉咸鱼挂满杆。
待到新春辞旧岁，举觞邀客上台盘。

注释：临冬腊月之际，猪胖鱼肥，正是腌制咸鱼腊肉的好季节。一般制作在冬至前后十天，为欢度新春佳节做好准备。

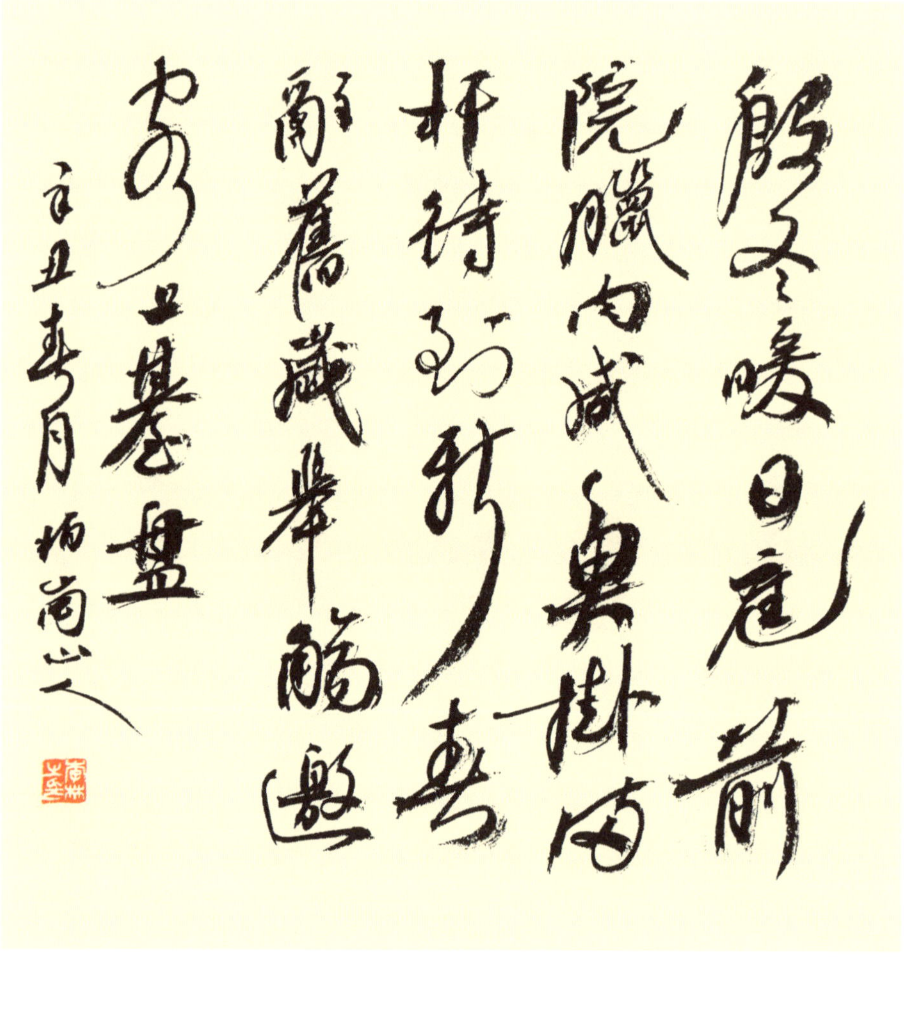

冬日愁绪

清辉漉漫围炉坐，岁月芬芳似掷梭。
念念痴缠他日事，声声道尽苦寒多。

注释：风吹一片叶，万物已惊冬。负重前行中，我们从无知到认知，从幼稚到成熟，人生不就是酸甜苦辣、万种精彩。

冬日随想

雾重阴霾邃，茫然暮雨寒。
东方生瑞气，华夏报遑安。

注释：雾重烟轻，却滂沱大雨。雨过天晴，终将看见彩虹。

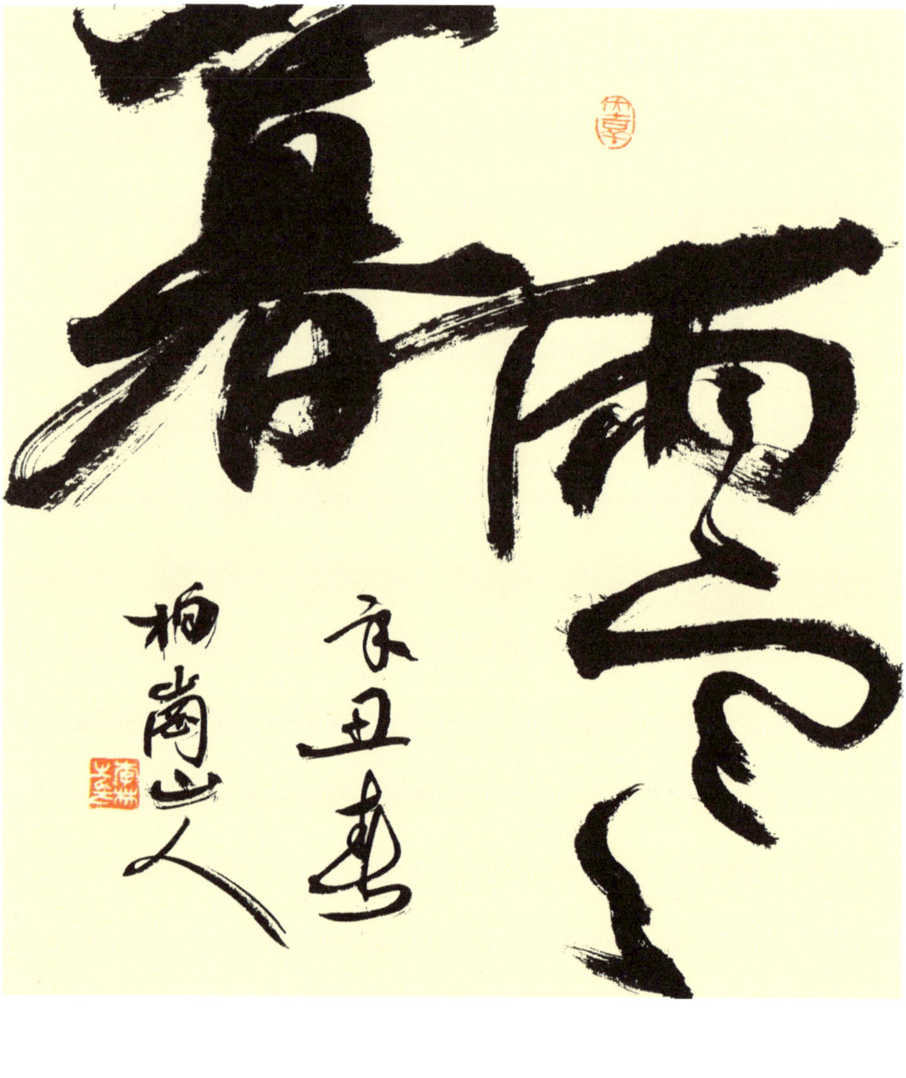

山 涧

雾轻风疾绕，青翠树多娇。
飞落山间户，仙翁越吊桥。

注释：智者乐水，仁者乐山。心中若有桃花源，何处不是水云间。

青山湖畔寄幽情

青湖月色撩人醉，碧水华灯衬映辉。
远处高楼巍耸立，岸边酒客夜深归。

注释：青山湖坐落于南昌市区东郊，面积约400公顷，湖岸曲折迂回，湖面碧波浩渺，景色秀丽，是南昌市著名的风景游览区。

明月山观雾

冽冽寒风起，飞霜挂蔓枝。
青山升白浪，卧看雾来时。

注释：明月山位于江西省宜春市西南，山上空气负离子含量每立方厘米高达7万多个，是国内外享有盛名的天然氧吧。

五龙山见闻

青山叠障翠林荡，雾散风吹满眼红。
戏水龙吟云起舞，花英十里各不同。

注释：婺源五龙山，无雕琢修饰，无刻意描绘，最是竹帛所载，丹青所画。

西山放鹤

万事随晨退，西山放鹤归。
追风轻踏月，告老寄芳菲。

注释：东与西、放与归，隐与显，成与败，一切都当放下。就如白鹤朝那西山而飞，鹤飞处，烟雨茫茫。

西山翠岩禅寺

翠岩禅寺依山绕，名刹巍巍筑北朝。
暮鼓晨钟清寂静，梵音袅袅入云霄。

注释：西山梵音，自名刹传出，直入云霄；暮鼓晨钟，总万籁俱寂，回音袅袅。

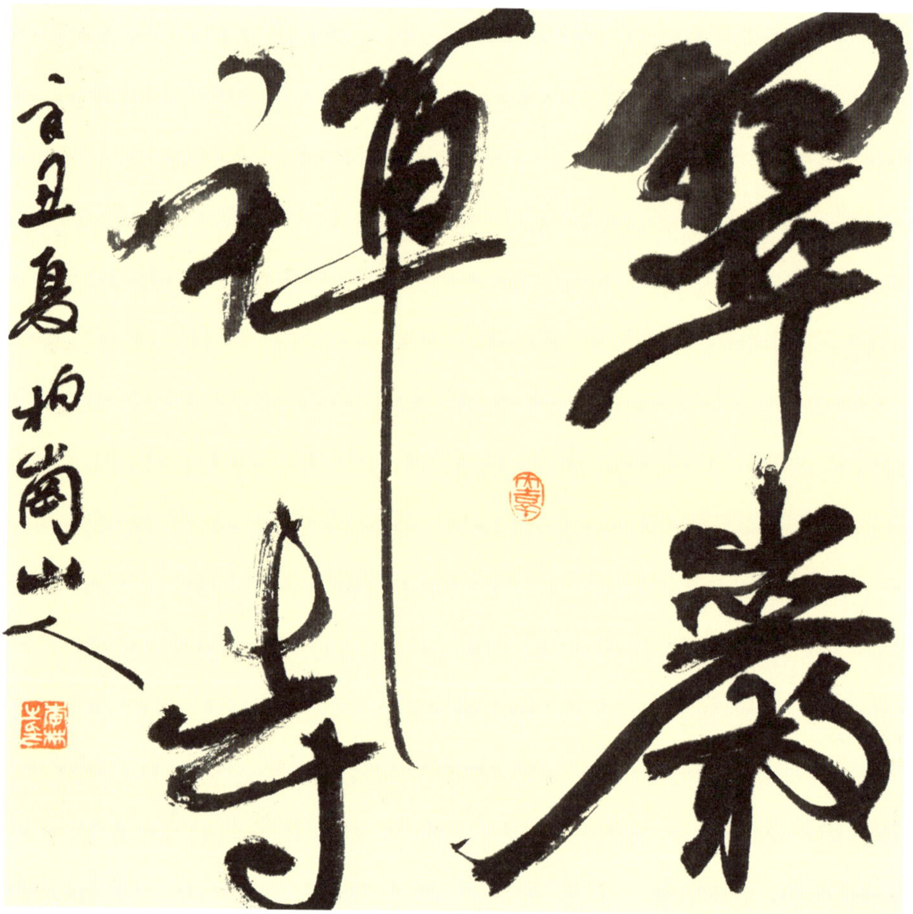

湾里狮子峰偶遇

雨后狮峰静，门前白鹭飞。
游云山上舞，顷刻已纷霏。

蝴蝶泉边

梁祝泉边化蝶怜，相依对影舞蹁跹。
玉龙媒妁山神定，一线红绳爱意牵。
雪月凡尘长恨别，风花世事去如烟。
连枝折断鸳鸯散，悱恻缠绵泪眼前。

鸳鸯池

几对鸳鸯戏碧池，长枪短炮觅娇姿。
多情摄客无情恼，愿得丹心少别离。

注释：自古于今，鸳鸯都代表着忠贞不渝的爱情。其成双入对，在水面上相亲相爱，悠闲自得，风韵迷人。

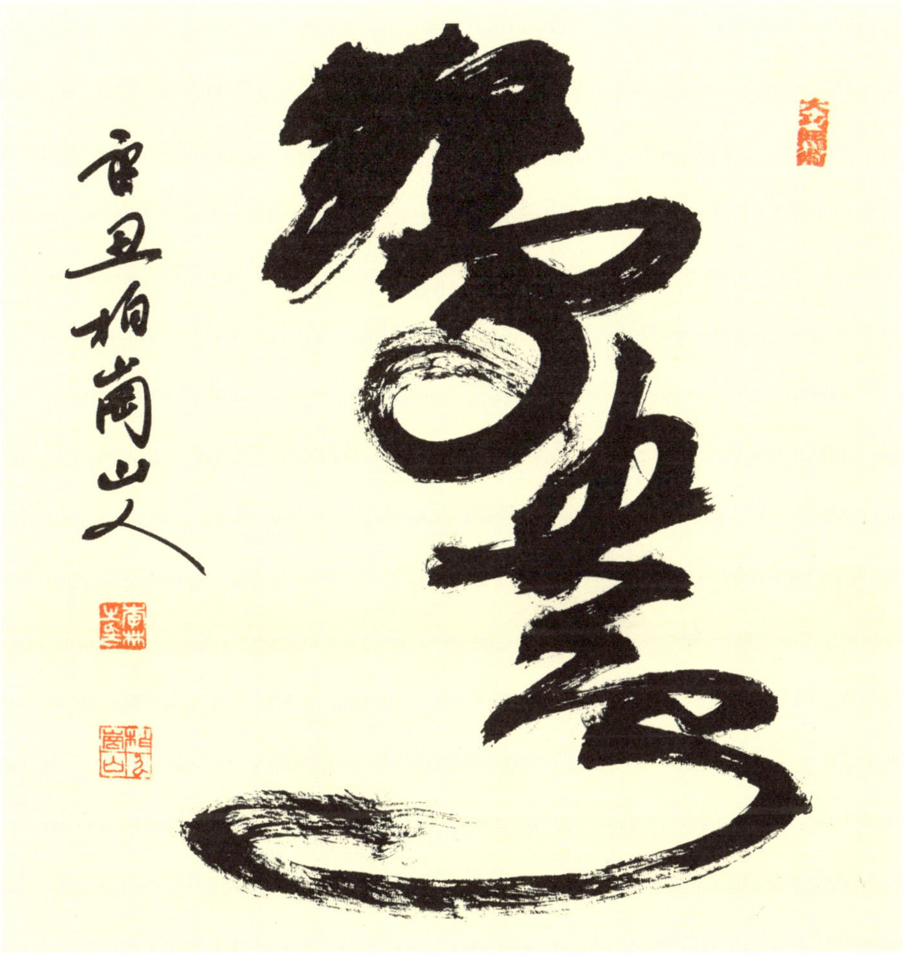

古韵东湖

理水叠山古韵长，青墙黛瓦映沧桑。
章江月夜清风度，胜似螺蚌作道堂。

荷塘信步

雨后荷珠荡叶中，瑶池翠绿泛桃红。
幽香寄语陶然客，寂寞虚清自不同。

雨后荷塘

碧翠山峦新雨后，屋前古树叶芽青。
荷塘十里飘香外，热浪云开映画屏。

太湖遐想

薄荷紫漫薰衣草，一叶孤舟钓暮遥。
自古心缘皆蕴聚，娇娃远处傍溪桥。

注释：群峰环拱，远近参差，若圭若璧，湖光山色。太湖就像一段美艳的故事。

莲湖畔抒怀

莲湖莲岛莲溪院，远处郴州市井欢。
两袖清风桥上客，淤泥不染自心宽。

潦河颂

登顶文峰眺潦河，撩人潦水哼轻歌。
飞霞未肯归山去，留恋娱场舞黛娥。

注释：观轻舟先生艺摄感怀。潦河，长江流域鄱阳湖支流修水的支流，最后注入鄱阳湖，全长148公里。

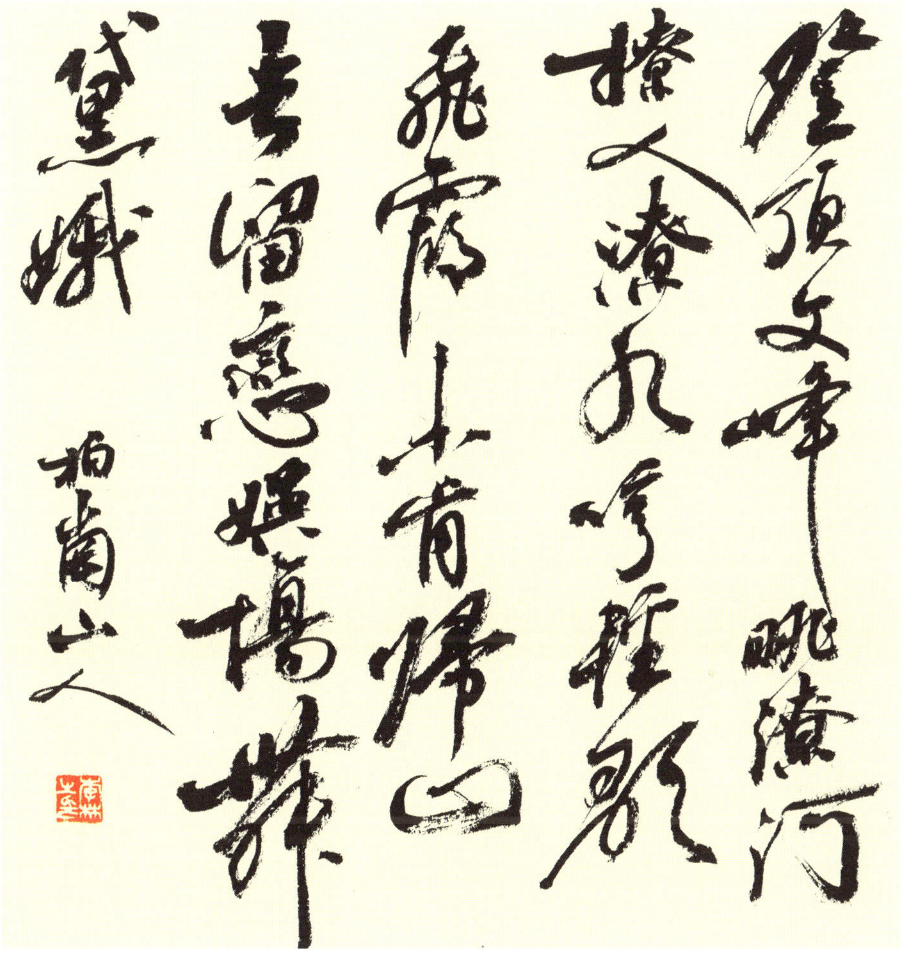

可可托海恋歌

匆匆夜雨飞溅泪，阵阵驼铃响拉提。
戈壁雪山孤月伴，孑孓一路草荒凄。

琼海戏浪

碧水云霞外，孤身戏浪前。
冬寒随月去，不觉又增年。

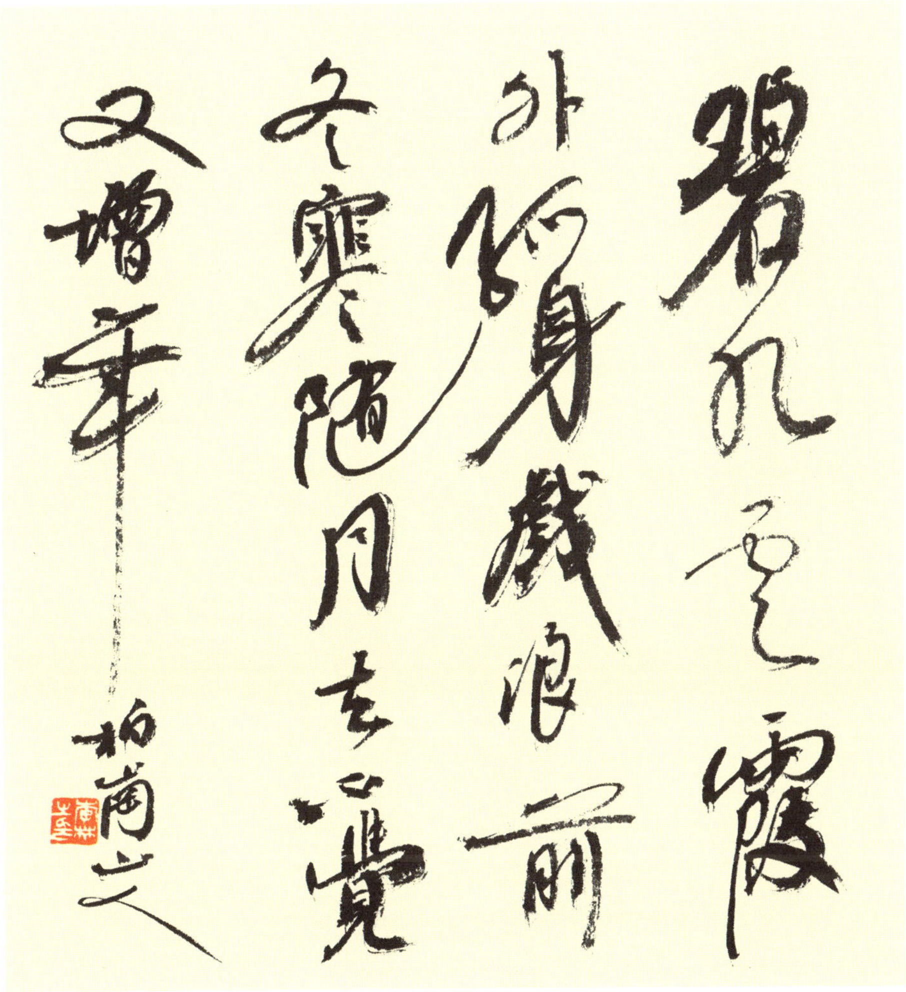

赶 海 人

天边一扁舟，满载相思愁。
曼舞邀仙鹤，轻歌叙惛忧。

听溪感怀

柳叶青青潭影漫，芭蕉雨后绿阑珊。
憩心亭下听溪瀑，一片慈悲岂犯难。

注释：柳叶如剪，将倩影留于深潭；芭蕉似扇，把绿意赠予自然。溪水亭下流走，慈悲生于心中。

大漠黄沙随想

日落霞飞映暮天，驼铃西去舞蹁跹。
黄沙大漠催归雁，早有胡笳远处传。
缘逝缘来缘散尽，时光漫卷柳寒烟。
惊鸿一瞥千年泪，红袖依稀画里牵。

注释：观轻舟先生艺摄，一行驼队，一串铃声，原来苍凉也可以这么美。

敦煌荒漠随想

一路驼铃喧世远，鸣沙环簇月牙泉。
扬鞭大漠苍天外，驿客轻床梦婵娟。

岁月随想

瑞雪飘姚尘埃荡，卅年今日喜迎门。
铅华洗尽心如素，顺遂安康种慧根。

注释：为结婚三十二周年暨儿子三十岁生日而作。

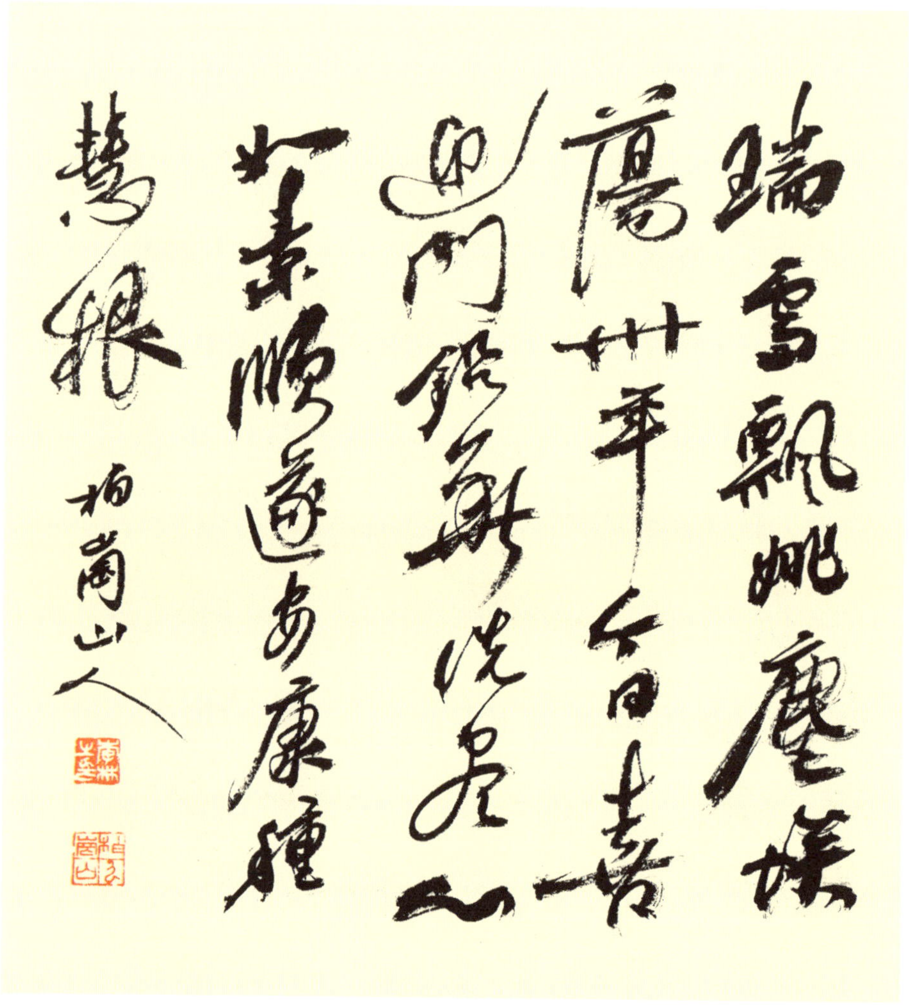

感怀范希文

冬去春来纸砚陪，悬梁刺股夜徘徊。
华章满腹无人问，帝弃湘江觅俊才。

翠岩寺禅画院首届作品展感怀

翠岩胜日群贤聚，寺静轻声赏画前。
东渡鉴真经死难，芭蕉写意态千千。

岁月静好

遍地繁红春暖面，江边漫步喜开颜。
清闲求得平生度，对酒吟诗岁月间。

偶遇感怀

山雀饥穷际，春深碧草时。
寒欣初露影，半霎腹中悲。

岁末感怀

鼠尽清寒弹指过，依稀梦里沐春阳。
乘风踏浪随缘去，荏苒流年暗度香。

年关感怀

庚子冬熙暖，年关择日归。

怆然心底事，月隐数星稀。

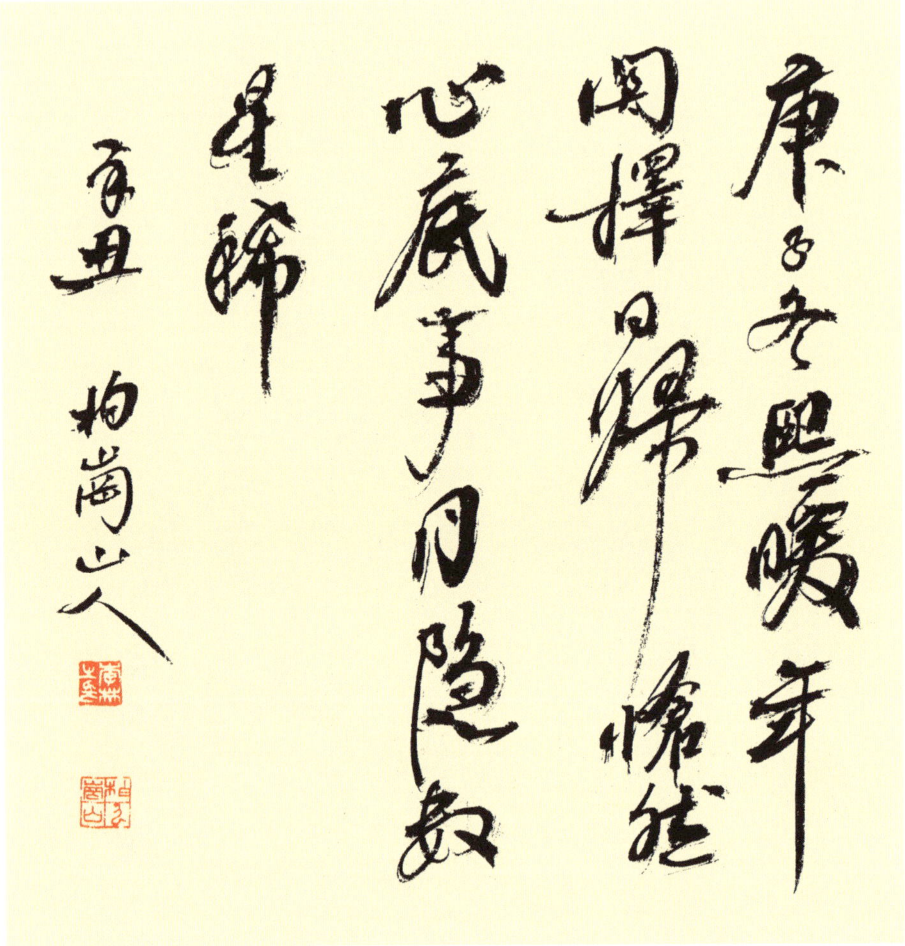

岁末遐想

暮岁风轮又一年，清霜日暮雪连天。
人生恰似云行客，拾得豪情赋雅篇。

往 事 如 烟

落叶流星叩，沧桑岁暮忧。
朝晖随月尽，往事岂言愁。

岁月如歌

冷月楼空静夜长，从容别岁醉沉香。
凛冬散尽星河梦，枕上裁诗欲断肠。

人生感怀三则

（一）

两岸高楼弥雾障，江心一片白茫茫。
人生自古多余憾，岁月空深莫斗强。

（二）

几缕青丝我自知，悲欢怅望意依迟。
也曾不惧光阴老，何问红尘舍与施。

（三）

烂漫春风绿树芽，池塘蝌蚪密如麻。
云霞作伴红尘远，归去来兮恋旧家。

卷二

悟修身

君子处世，当择一事、终一生，忠一事、尽一生，纵使夏花绚烂、秋叶静美。

晨练感怀

鸟雀长廊戏，行人路上稀。
疾风惊乱雨，不觉湿晨衣。

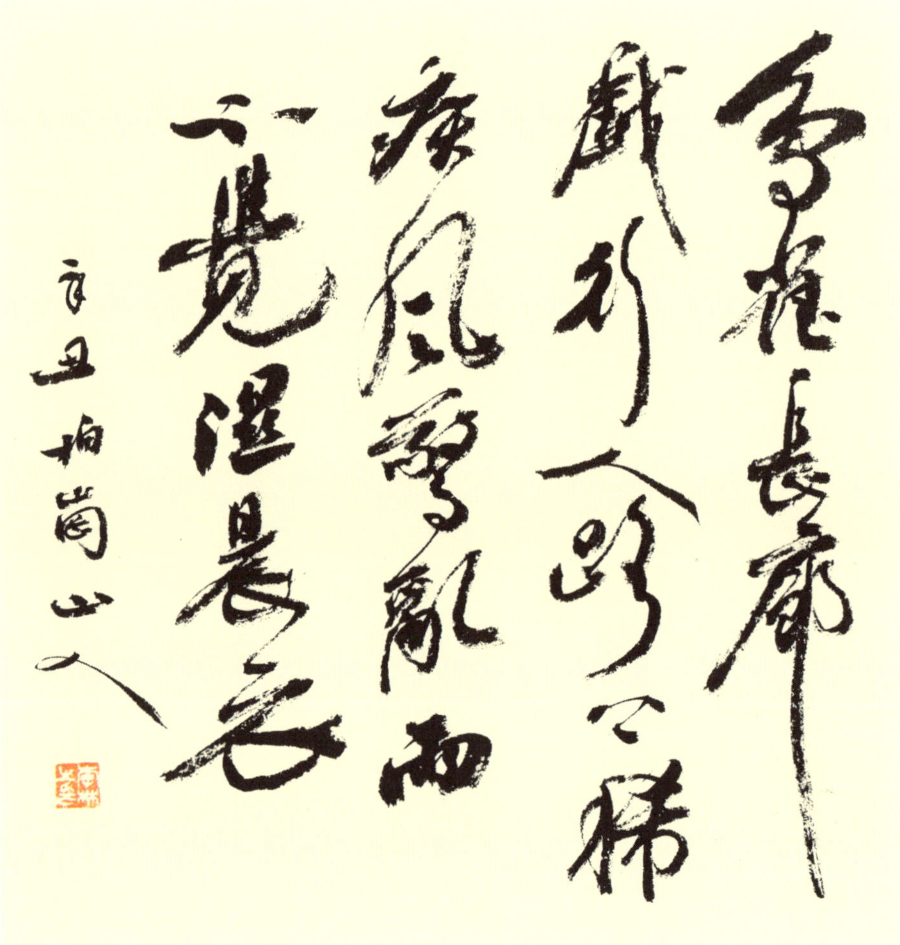

晨起见闻随感

乌宿深林静，蝉鸣醉梦侵。
帘前幽小径，碧水洗尘心。

门前坐看飞霞

落日余晖藏妙意，霞飞树影总相宜。
门前小院风来急，可惜花枝恨别离。

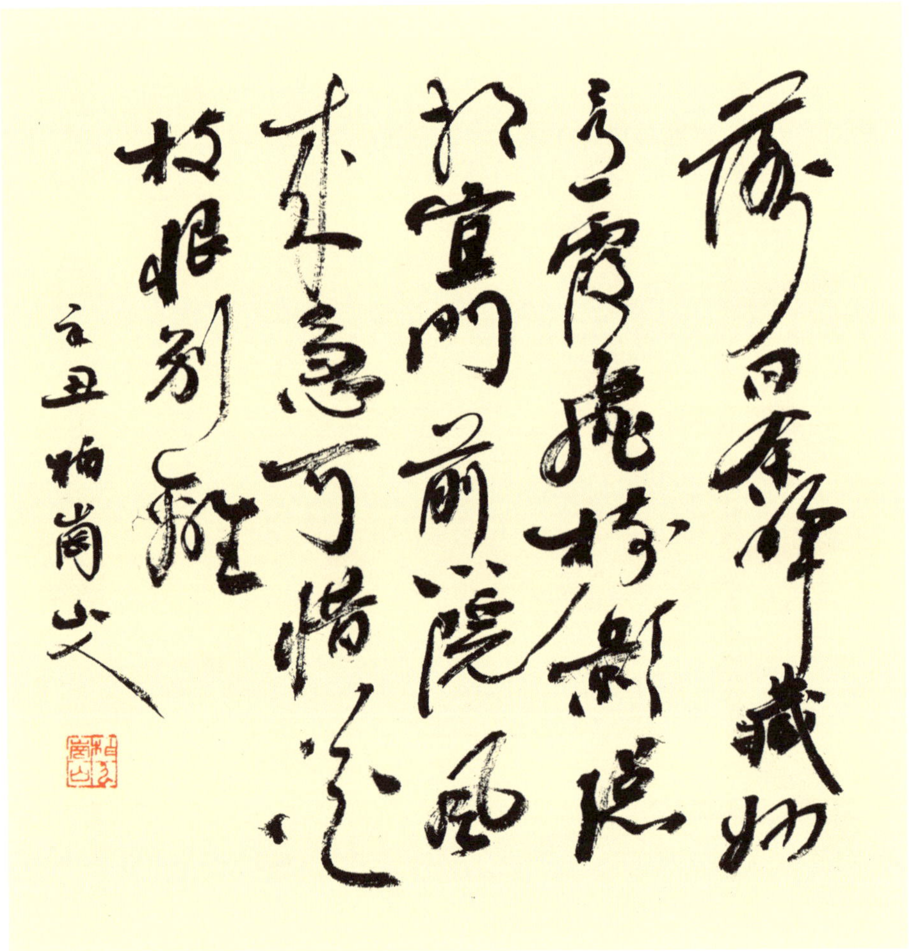

黄昏颂

白首叹人事，闲来念旧冠。
人生如过客，有味是清欢。

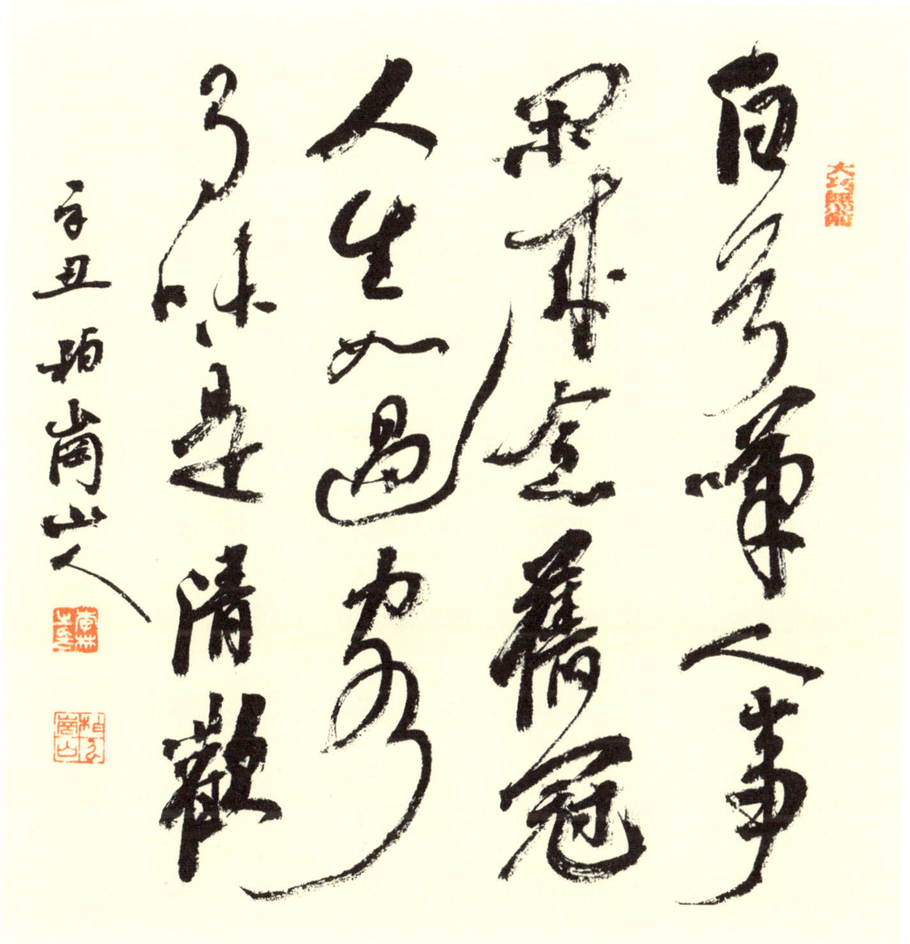

黄昏随想

半扇青窗天渐暗，晚霞隐退暮生烟。
弯弓远处枝梢挂，眼见遥知未必然。

天宫盛宴

未见初冬霜雪染，云天日落彩霞连。
嫦娥玉镜妆成否，六路神仙已踏先。

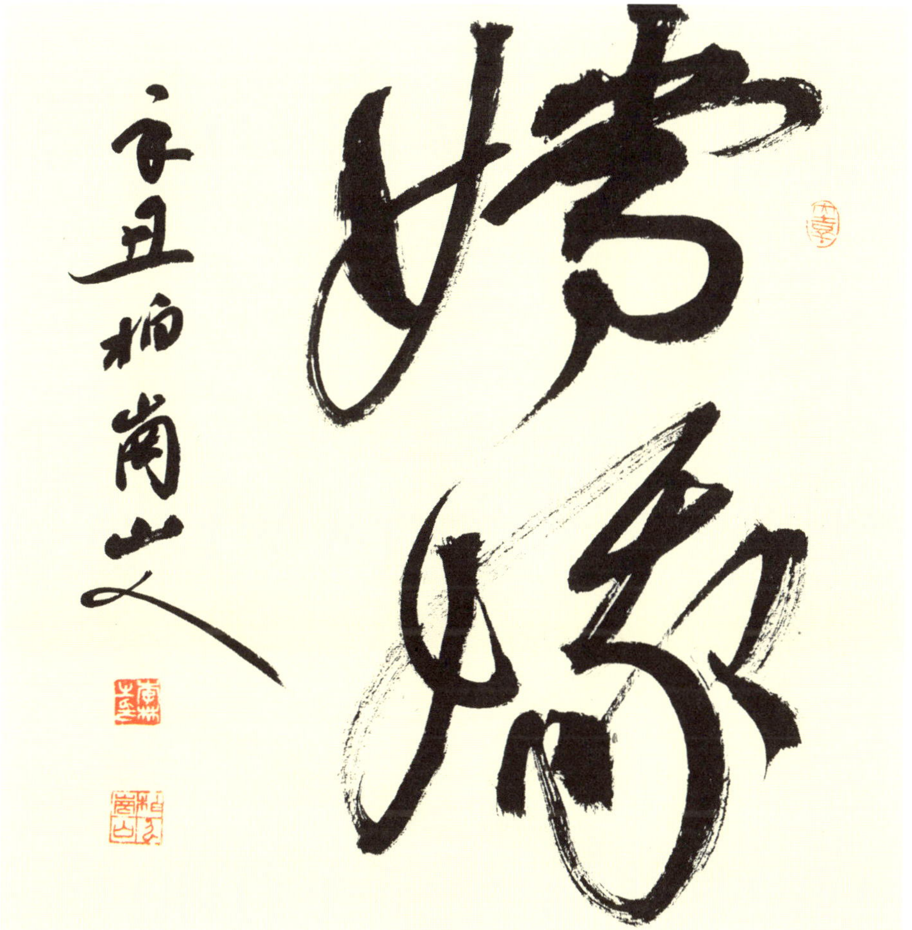

日月同辉

昨夜秋风退，东曦月未归。
灵霜催紫气，落日映霞晖。

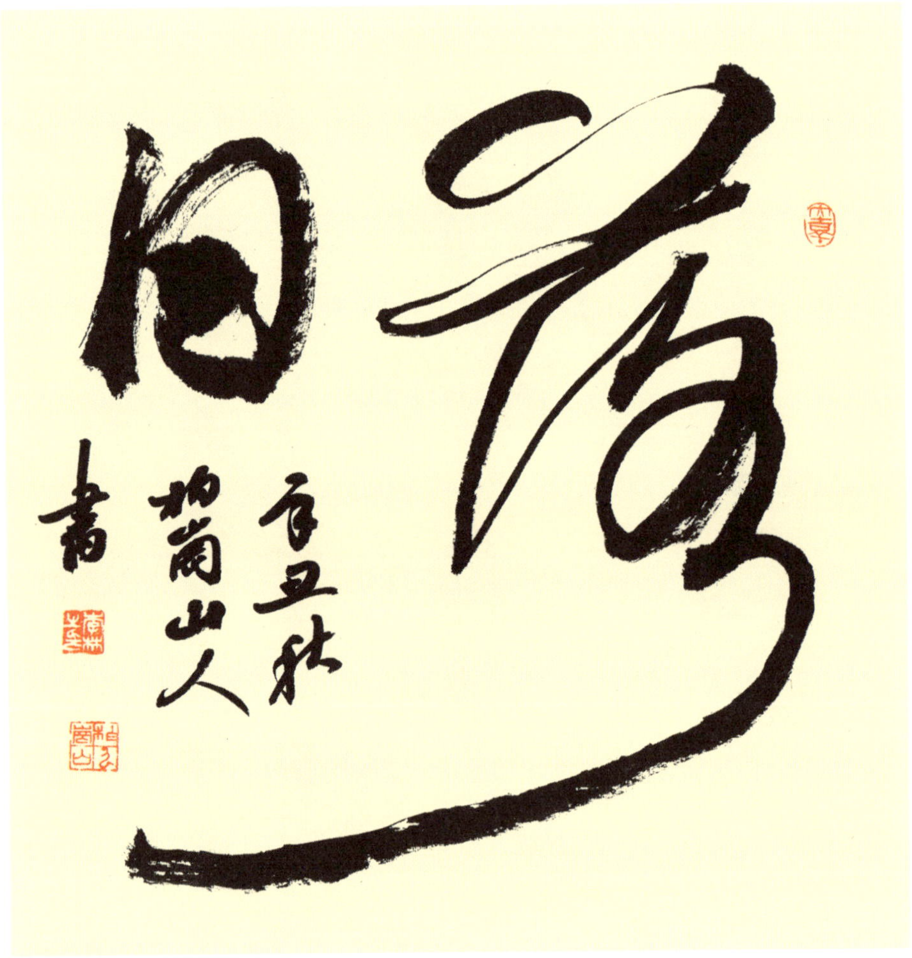

墨醉明月

清寒岁末三杯酒，墨醉云端万事休。
月挂长空眠未尽，一窗愁绪为谁留。

肇庆夕阳

肇庆秋分初入暮，霓裳霞锦水中铺。
仙舟片片欢歌荡，卧佛轻轻噬玉珠。

赣水夕阳

粉黛盛唐唱，滕王夜宴长。
归舟相竞度，暮色两茫茫。

夜色暝暝

雾枕云暝雁过声，春风细雨踏歌行。
八街九陌人稀久，庭院幽蹊夜色清。

静夜思

望断天涯驿外楼，苍茫箇处一孤舟。
奢华殆尽轻吟泪，寂夜寒霜染白头。

江风诗书夜

天街月满西楼寂，世态眉间映眼眸。
夜半江风书画伴，柔情幽梦散忧愁。

夜来香

日尽楼台暮鼓沉，和衣醉卧梦幽深。
天寒岁末沧桑去，步步生香白首吟。

八一公园夜景

月夜流星醉，霜寒碧水亭。
丹枫盈满径，湖畔柳丝青。

草原之夜

漫漫浮云时隐退，黄花无际散边陲。
轻风月夜苍茫外，篝火阑珊醉眼离。

春风夜读墨韵香

闹市花成海，华灯满巷街。
春风来伴读，墨韵浸书斋。

寂寥风寒夜

冷韵风寒夜，窗前月鹭歌。
星河光渐没，寂寞唤姮娥。

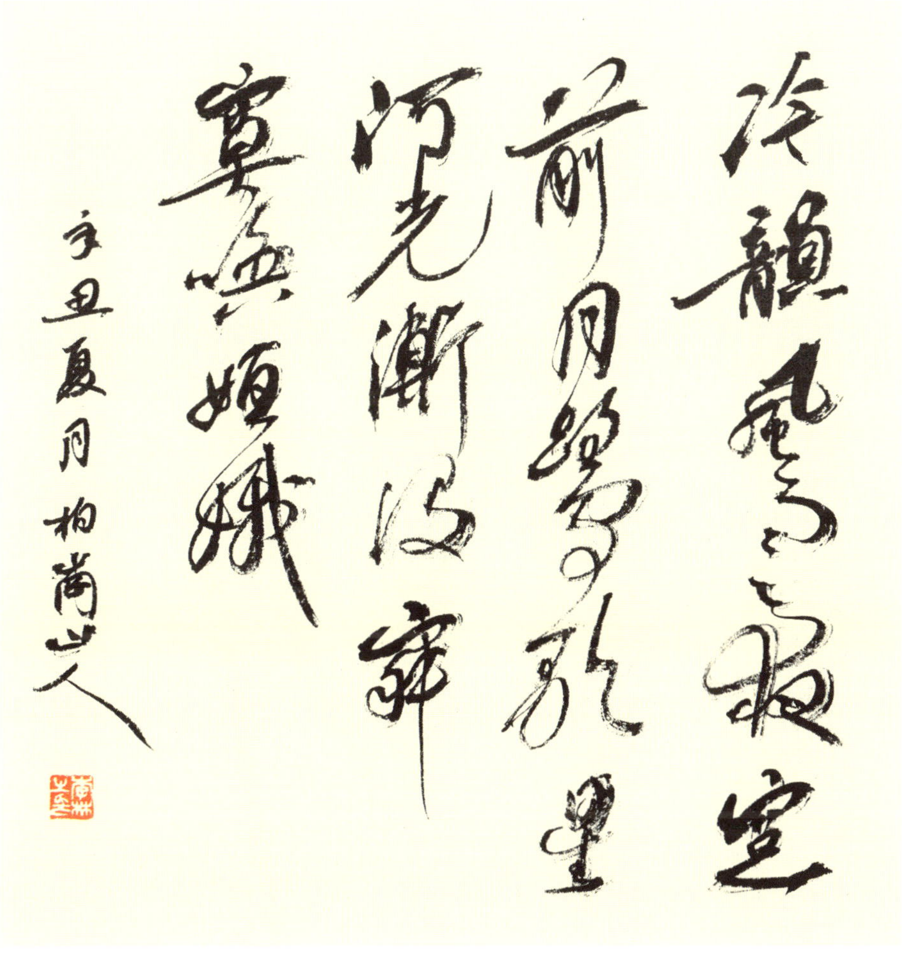

雨 中 情

春雨如丝绸，娉容捣布衣。
家常邻里戏，笑语满天飞。

暮雨尘缘

岁月阴寒未见晴，朦胧雾眇罩洪城。
任凭暮雨纷纷下，共话尘缘到五更。

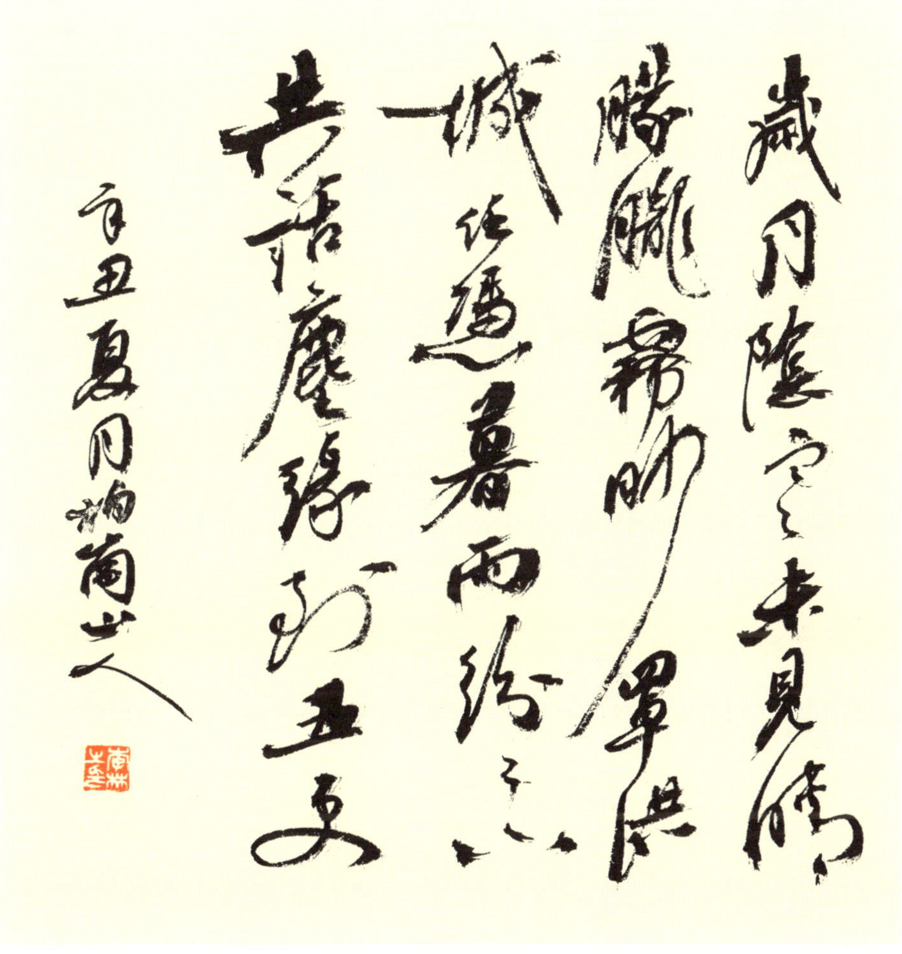

雨夜情思

对镜青丝白，开窗寂寞街。
孤清风雨夜，把酒尽倾怀。
本是寒衣命，欣逢有历阶。
余生随笔意，潇散寄天涯。

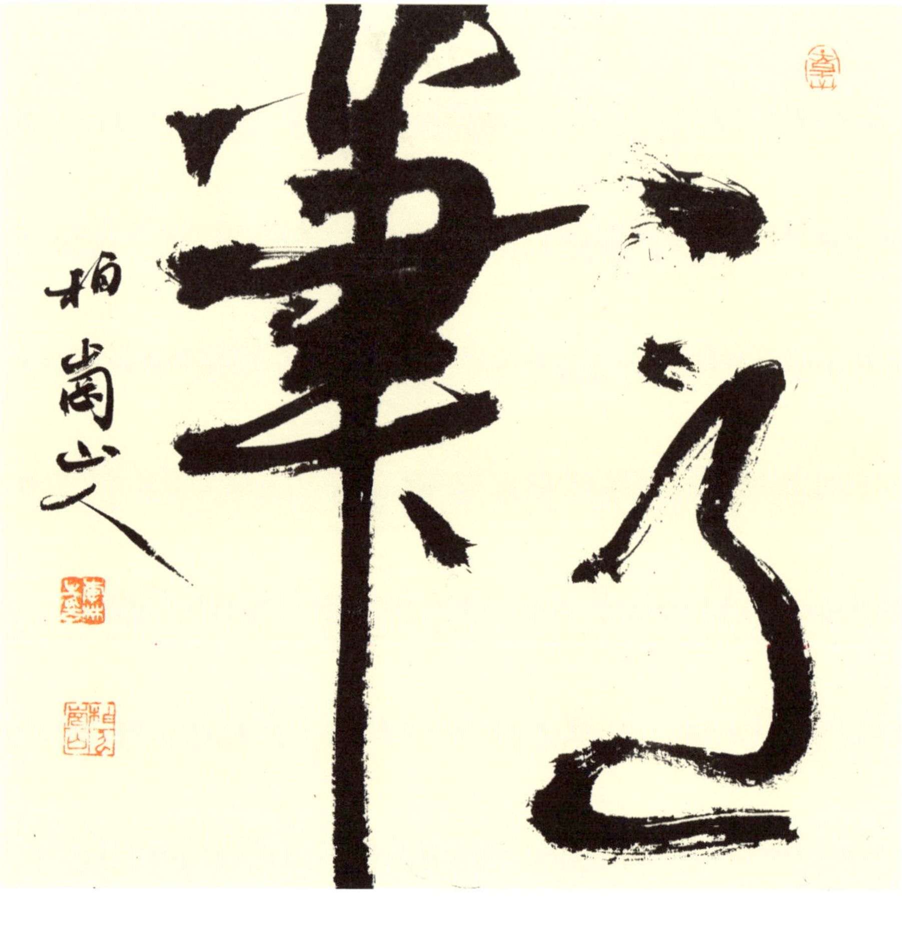

雨后阳光

东海朝霞起，云天浩气生。
江寒迟日顾，喜鹊满洪城。

注释：连日的阴雨天气，南昌终于迎来了雨过天晴。

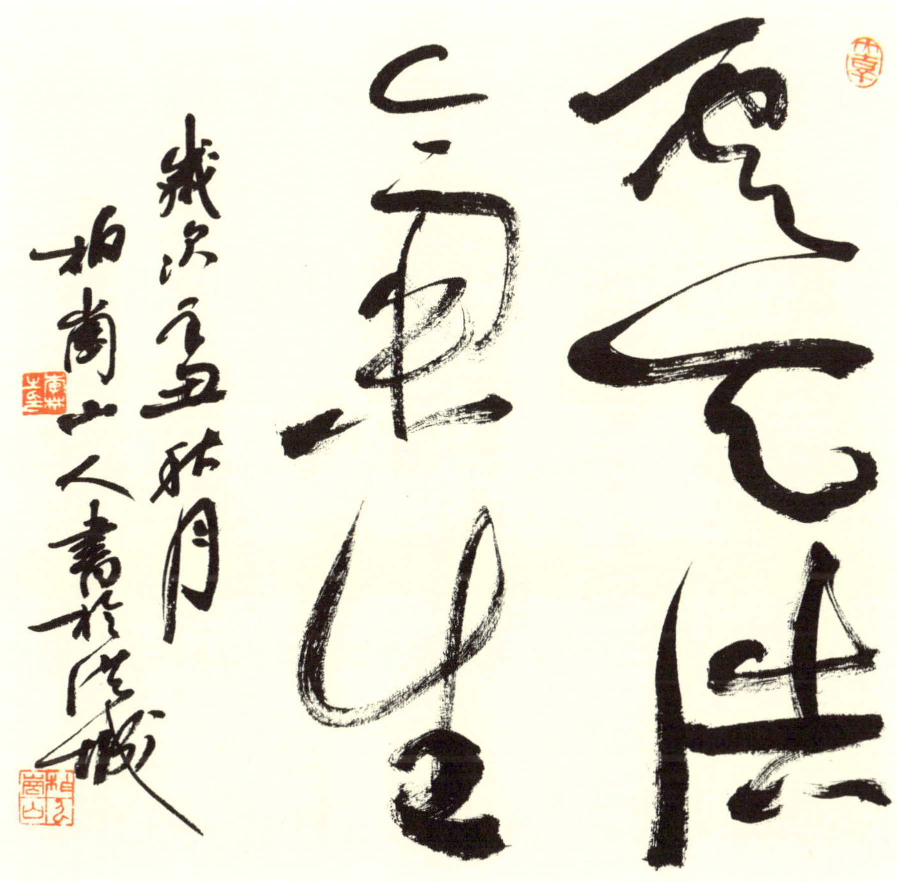

急　雨

乌云漫漫苍穹暗，怪雨盲风行路难。
树刽枝离花满地，霎时更有粉妆残。

孟秋庐山晨雾

八月匡庐天善变，朦朦晓色雾连山。
云阶烟染凉亭外，瑟瑟秋风墨韵间。

注释：孟秋时分，晨雾起庐山；气蒸烟染，笔墨绘秋风。

大　雾

噎雾连江岸，烟波隐蔽帆。
乌云翻覆坠，独自语呢喃。

注释：一夜浓雾锁大江，远近难分水渺茫。大自然的美景总是在不经意间唾手可得。

醉问浮云

醉语浮云问，深幽草木欣。
烟岚遮望眼，日暮两平分。

注释：天空飘过云彩，山野鸟语花香。在岁月的痕迹中，收回过往的云烟，拾起模糊的脚印，温一壶回忆的老酒，落雨饮诗，暮色写意。

对 酒 当 歌

日暮苍冥醉眼蒙，多情皓月隐层穹。
轻歌作罢依稀去，晓梦无踪似疾风。

注释：苍山皓月，酌酒痛饮；轻歌作罢，孤影沧桑。当欲江边垂钓、对酒当歌。

曲院听风

雷贯篁喧雨打莲，归山入水夜鼾眠。
蝉鸣蛙噪长亭外，曲院听风古道边。

品茗三则

（一）

远处燕山朦叠岭，云烟沁润吐芽青。
春风斗引茶香客，品茗悠闲顿觉馨。

（二）

新茗碧潭云水上，一芽一叶暗来香。
轻拈慢采随风步，更待明春肆散芳。

（三）

暮雨俄然尽，春寒半夜侵。
青山云雾重，倦客醉茶深。

赞庐山云雾燕山青绿茶

梦境寻佳茗，明前暖日馨。
燕山依翠竹，雾里壑峦青。
邑客由身坐，轻风漫小亭。
主人持绝品，几泡顿心宁。

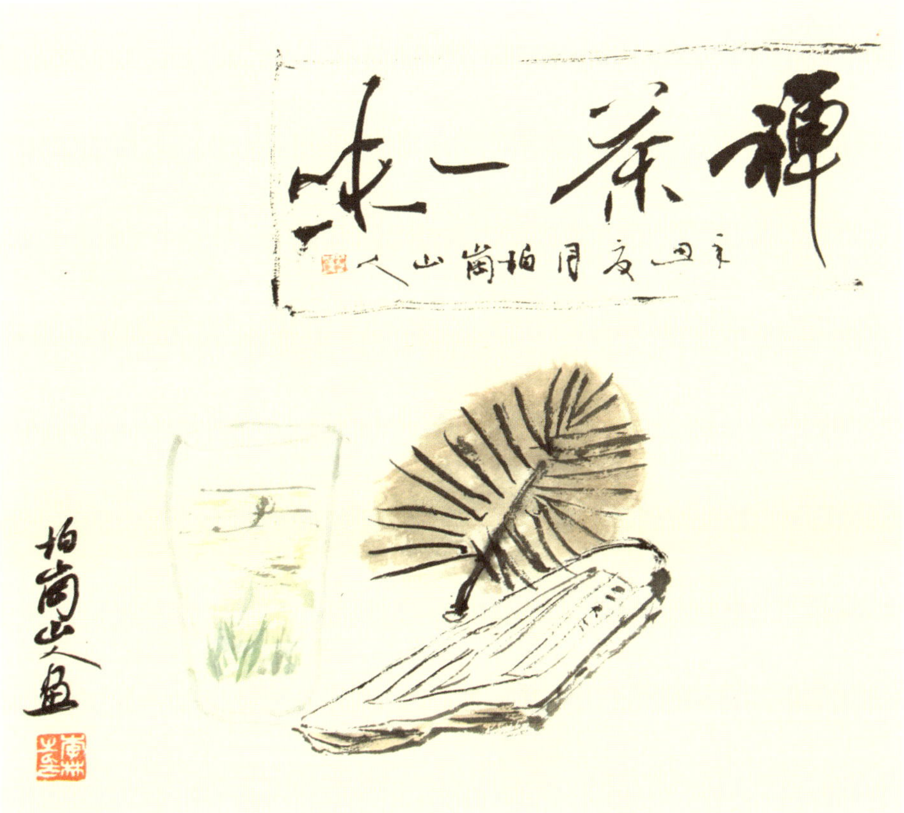

绿满茶园

远望清泉岩缝出，深潭日照映畸孤。
阳芽尽染穷山绿，眄遇尘缘不乐乎。

品茗闲情

雨打空枝鸣索索，神游旷野似浮萍。
清泉荡尽尘埃虑，月下云心醉燕亭。

假日休闲吃小龙虾见闻

莲下青虾转，渔舟水上欢。
红彤彤饯客，醉晃晃倾盘。

藜蒿炒腊肉

中春雨后水蒿长，绿叶根茎绛紫浆。
本是鄱湖边上草，船家腊肉炒添香。

注释：藜蒿是鄱阳湖的普通水草，因其烹饪后具有一股特殊的水草清香，成为南昌的一道名菜。2008 年，藜蒿炒腊肉入选“奥运菜单”。

斗 风 筝

杨柳闹春新叶翠，江边逸客斗风筝。
儿童急走追青雀，不觉西辉夜满城。

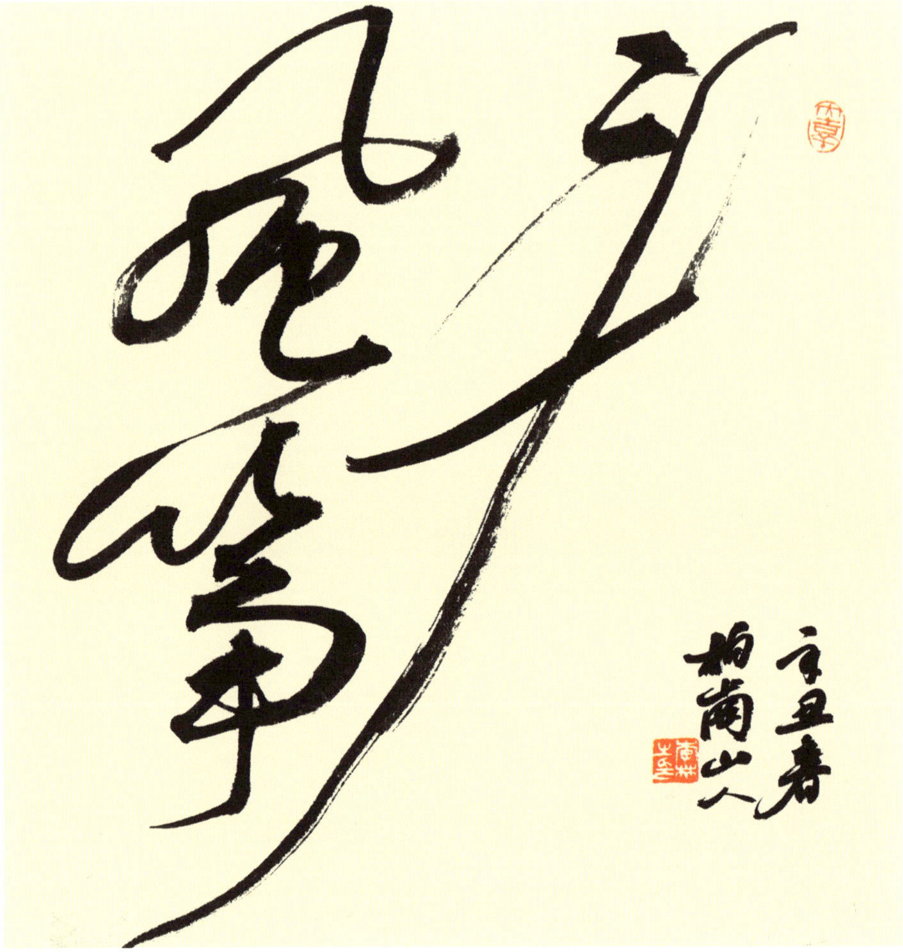

墙外听琴

十里风荷墙外问，抚琴粉黛是崔莺。
低眉信手弦音缈，一曲高山绝世情。

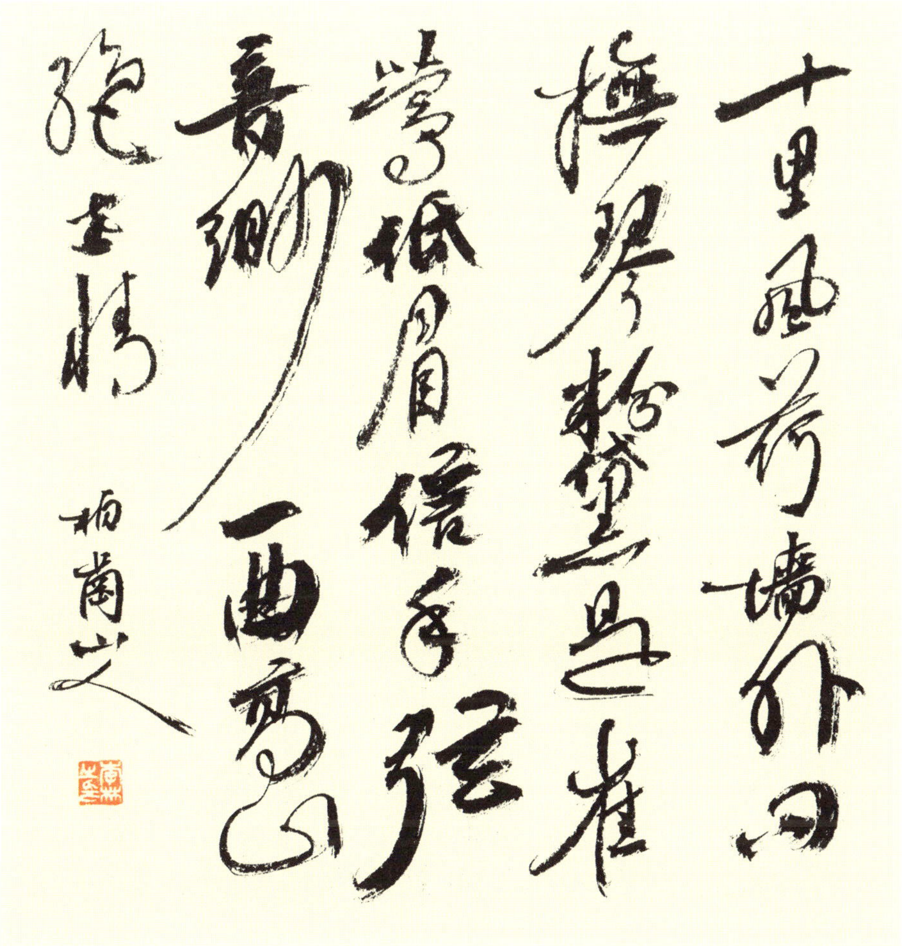

箫声呜咽

斜月箫声入画屏，凄吟寂寂满凉亭。
意绵音落呜咽缈，古刹幽幽瀑水听。

月夜听琴挥毫

室雅兰香沁，诗情洒墨馨。
琴弦私语处，原是自凉亭。

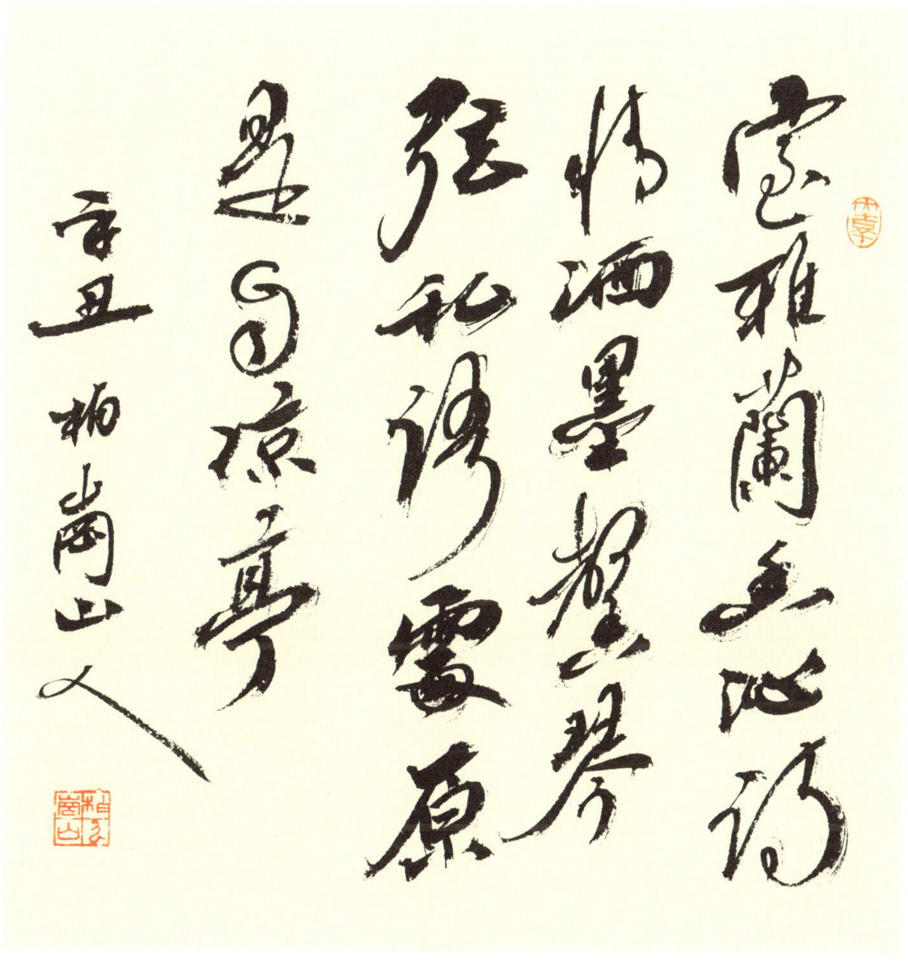

瑶筝私语

春风拂面柳丝吹，江上清波起黛漪。
隔岸瑶筝轻自诉，远方大雁舞噫嘻。

菜园一角

轻怜几束朝天辣，郁郁黄茄不得欢。
更有葱头衔怨语，主人默默逐相安。

天沐情怀

池塘锦鲤悠悠乐，远处清烟泛水波。
夜半街心随意逛，门前盛唱送亲歌。

瓷都绝艺

自古珠山出俊雄，月圆绝技降天工。

一门六杰师神艺，水点桃花别样红。

注释：观工艺美术大师张松茂、徐亚风夫妇作品展，月圆指月圆会，即珠山八友。景德镇人杰地灵，人才辈出，珠山八友就是其中技艺超群的代表人物。

寒夜对弈

对弈清寒夜，潇然斗志昂。
赢亏棋子落，不悔好儿郎。

古村姑娘

古屋嘻嘻双跪拜，莺梭柳线蝶为媒。
君言料得功名日，快马还乡彩轿抬。
鱼雁寄书沉石海，依稀梦里鸟鸣哀。
山高路远知何处，泪洒香樟素影陪。

空心村感怀

旧日荒芜独木桥，凄凄野草雨潇潇。
残墙朽树无人晓，原是空村万物凋。

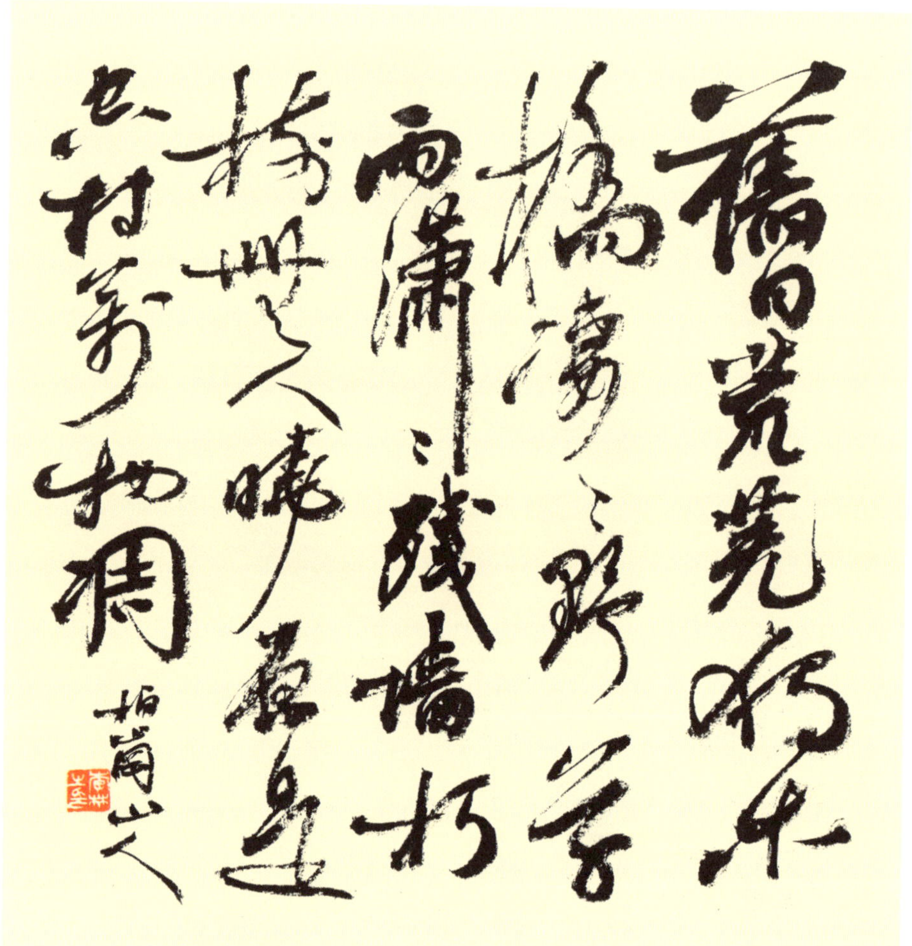

鸟巢历险感怀

滚滚乌云灏漫中，飞蛇闪电划长空。
一声霹雳惊雏雀，幸得衔薪筑治笼。

渔舟唱晚

雾霭青云山雨涧，惊鸿飞雁半空喧。
渔舟唱晚霞光醉，登阁凭栏静默言。

竹排歌

野树逢春绿叶幽，竹排胜境水中流。
芳茵两岸桥行远，满载朝晖梦里游。

蝶戏游客

清风柳叶云天外，万树桃花斗艳开。
蝶引游人穷远径，原来僻处两依偎。

温汤论道

几朵浮云挂碧空，叠层茶树雾朦胧。
温汤水口多硒地，旧友新知论士雄。

靖安人家

白云朵朵长天糗，香径凉亭碧水流。
孔雀屏开迎远客，蛙鱼摆尾怯羞羞。

夜宿山间茅屋

倦鸟投林巘，鸣泉岫壑间。
孤茅茨不翦，异客夜来闲。

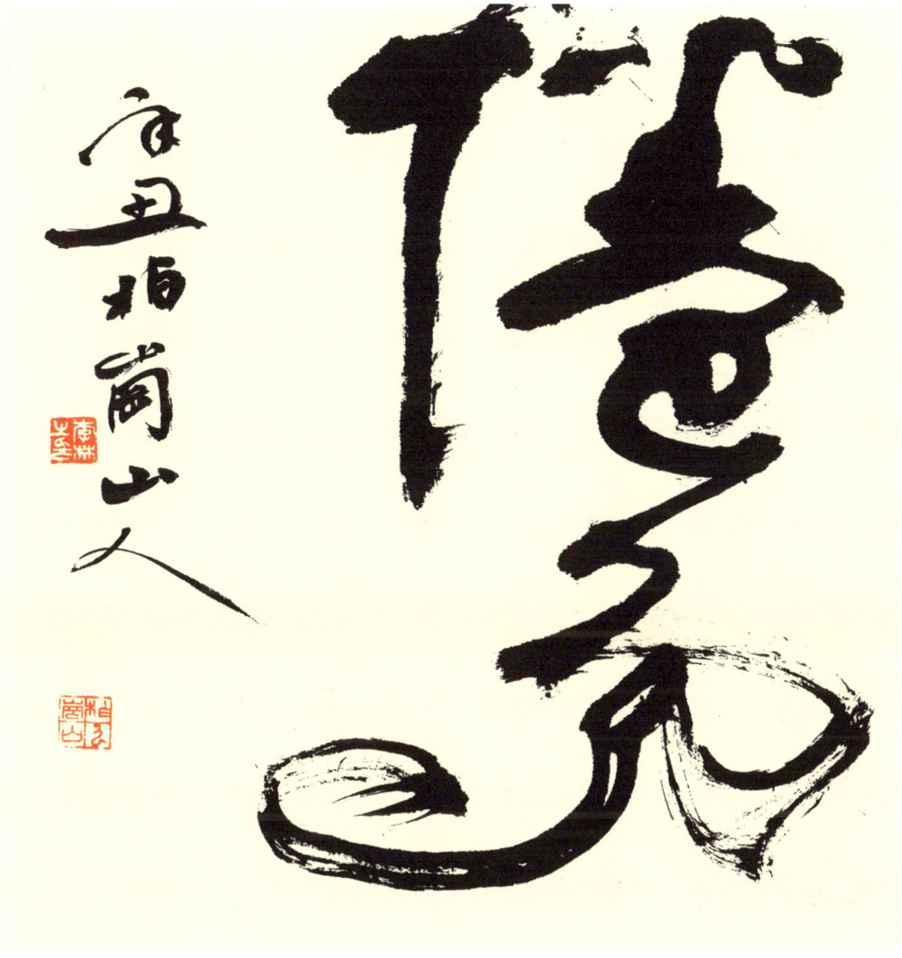

驿店抒怀

雨后风吹竹气清，南山红叶近柴门。
长亭驿店孤身寄，碧水春光望远村。

雪中客栈

云飞飘绕漫山涧，大客狮峰雪报传。
片片琼花窗外啸，寒烟缈缈雾连天。

悦园客栈

远处浮云竞日行，悦园客栈晓风清。

柴扉半启含春意，软草平莎步履轻。

窗前红妆泪

寒霜驿外芦花荡，荷叶穷枝立野塘。
雁叫长空传尔信，伊人几欲诉衷肠。

轻影红唇

暮色伊人添惋怅，天涯咫尺映闺窗。
琴思忆梦犹遥见，一缕芳香无等双。

红颜吟风唱

花开一念清寒夜，梦里依稀戏九寰。
酒对迎风弹雅曲，羞将岁月老红颜。

清心性闲

一曲幽兰飘小院，清音缈缈汨长潸。
平生苦乐随缘去，花谢花开我自闲。

无　题

炎风烁烁窗前客，赣水沙丘几道弯。
欲抚琴弦多日弃，云天鹤舞自悠闲。

一帘幽梦

依枝鸟雀蓬头面，半世孤灯梦里牵。
犹似前身风月债，迷离烟雨独生怜。

入境随缘

日瘦梢云外，山峦雾霭开。
林纤荒草处，入境自缘来。

画　境

远处留孤影，门前老树青。
石桥杨柳径，碧水映浮萍。

梧叶潇潇

异客惊飞鸟，箫声远处飘。
寒山孤影外，梧叶更潇潇。

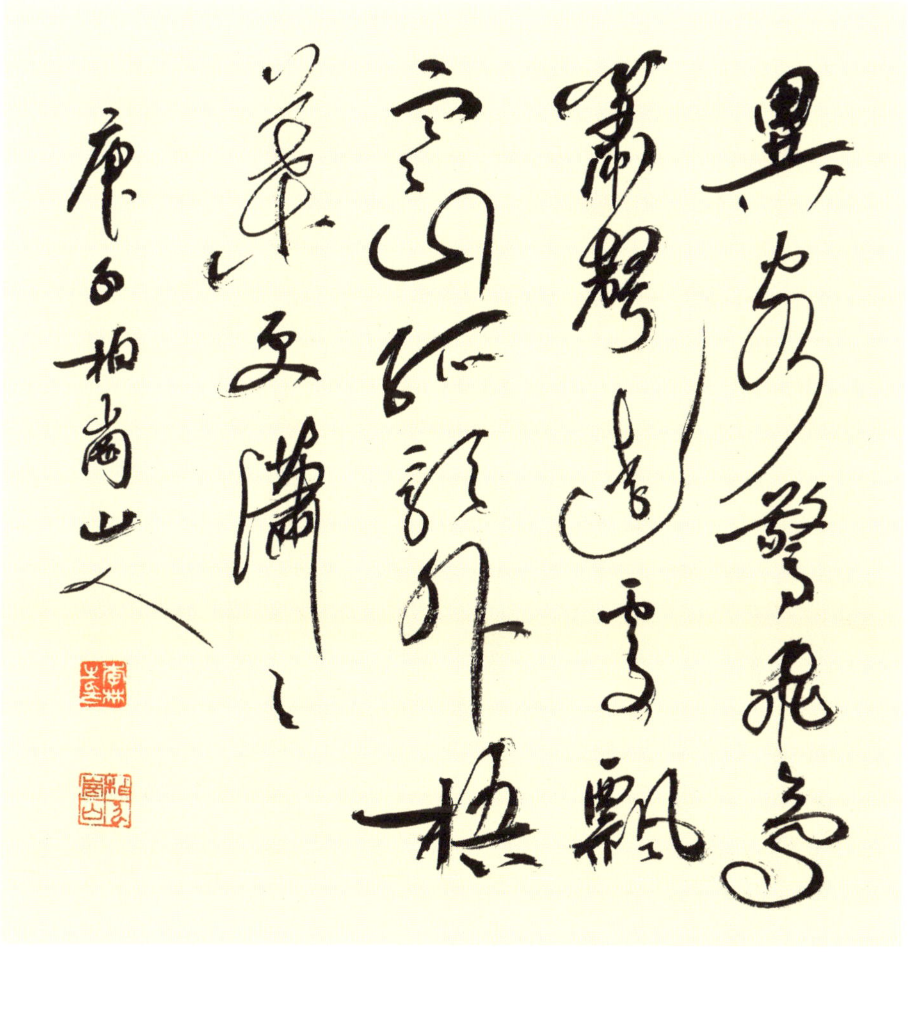

致红岩诗友

翰墨珠玑汇雅轩，纹枰论道结尘缘。
诗章尽显玲珑意，流水叮咚向远山。

注释：以字画会友，以黑白论道，以诗词唱和。因志趣相投，当莫逆于心。

寄友人

石桥水巷楼台外，结伴晨霜挂枝头。
棹唱孤舟移滞缓，浓云薄雾寄孤愁。

梦回桃花源

翠绿深林斜影树，荷塘五月叶方舒。
桃源世外今何处，历代痴人梦始初。

风雨人生

骅树凄枯风疾劲，苍穹朗月望星移。
人生自是何相似，白发青丝怨未知。

风雨丽人

凄凄夜半孤身问，戚戚轩窗映丽人。
楚楚来如风雨急，飘飘去似落微尘。

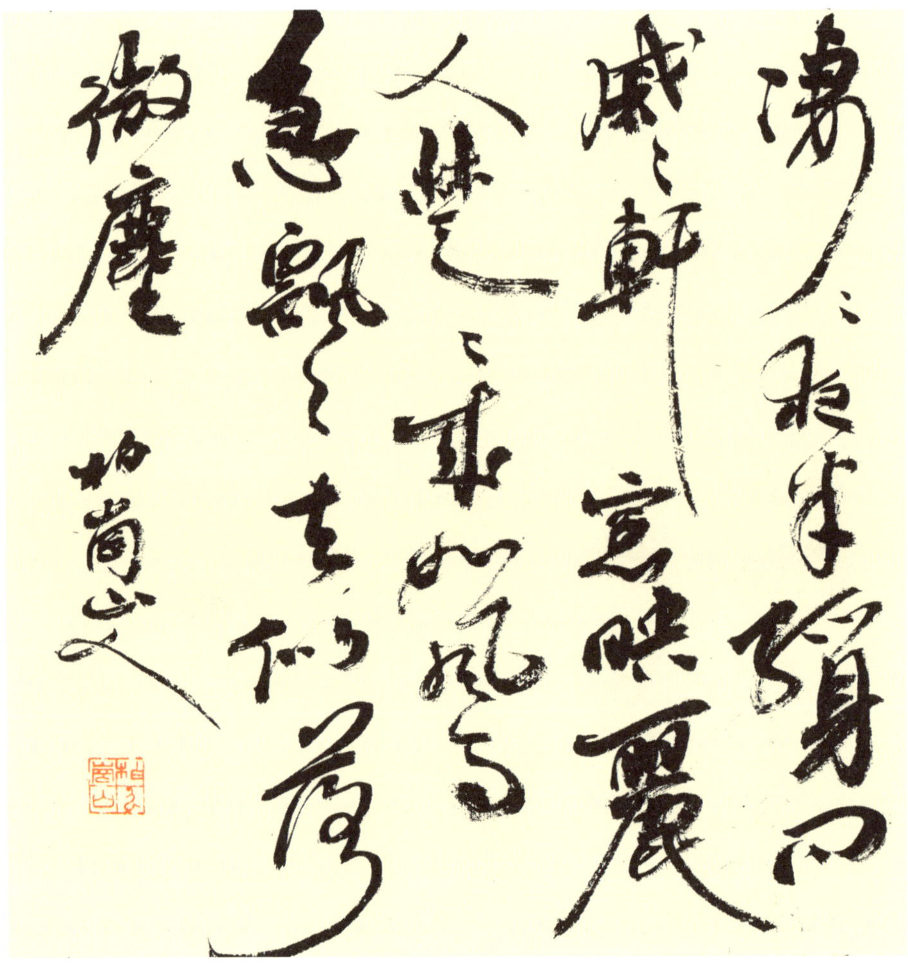

故地游

年少躬身影，今番斁败零。

仓囷依旧在，隐见纳凉亭。

注释：观胡燕珩先生摄影，总有某个瞬间不经意间触动心底最深处的柔软。

知音两则

（一）

举酒诗情迸，知音月下逢。
霜天寒意重，夜半巷人空。

（二）

袅袅云烟断壁横，琴箫似诉日纷争。
知音自古难相觅，如泣如歌鹤唳声。

故乡情两则

（一）

苍暝水瘦霞辉落，故地清寒草泛黄。
慢步廊桥非旧日，归来不再少年狂。

（二）

曲径幽林静，斑痕古宅清。
青苔阶上漫，处处故乡音。

卷三

悟自然

看远山如黛，听静水无声。心中淡然无尘，自然岁月生香。

思　春

日暮飞霞醉，思君载月归。
春风撩旧梦，扇影映心扉。

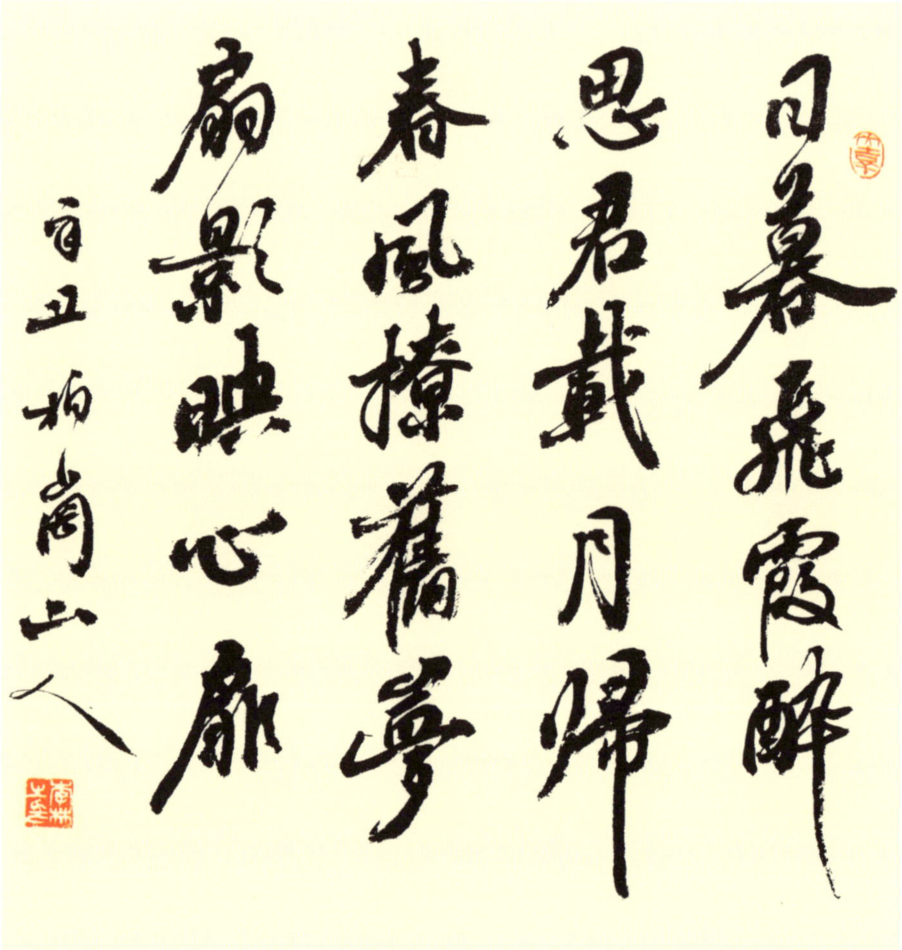

春风送雁归

滴雨成花绿满枝，清风月夜雁迟离。
云来云去无踪影，叶落纷飞岂觉悲。

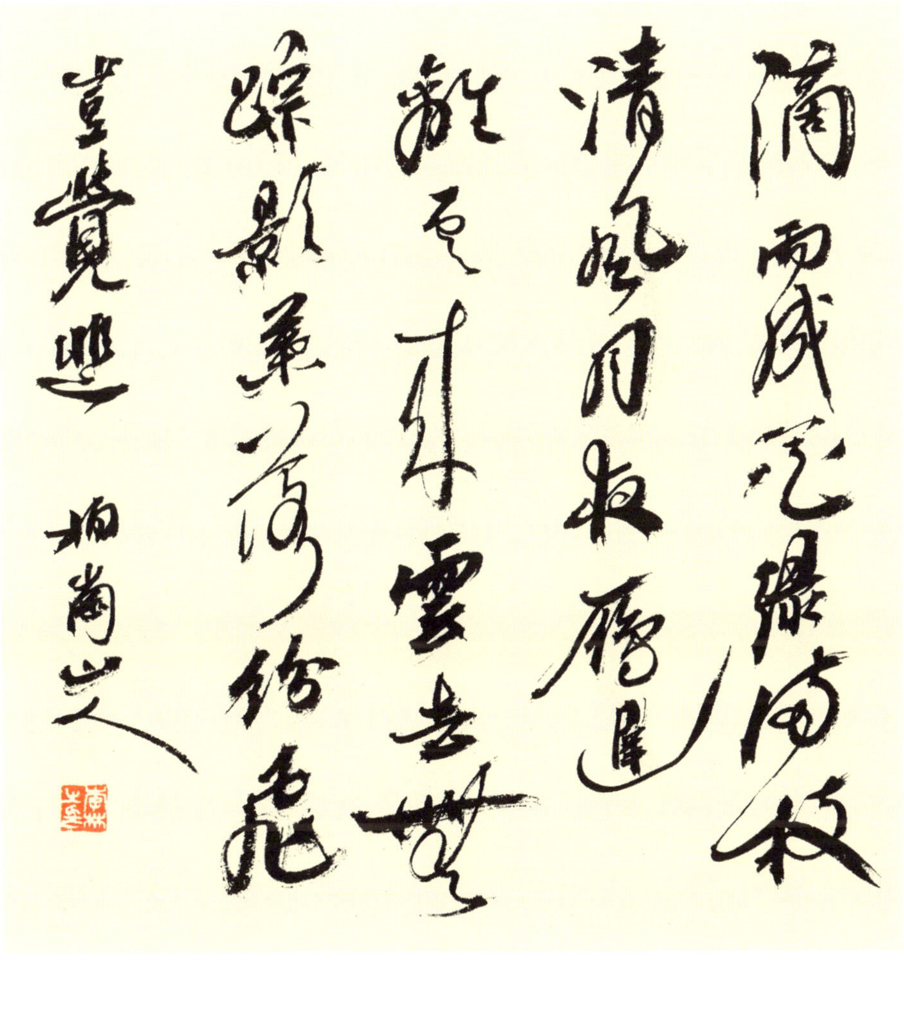

春生雁归

北国苍茫梅独放，江南旭日焕金辉。
岁行四季渐圆满，寒尽春生大雁归。

初春山野

山野清风仙雾起，悄然寂静梦乡人。
河塘凫鸭招鱼乱，老树门前悦鸟晨。

洪城春归

远处西山绘彩霞，春风酿郁满城花。
滕王阁畔江歌绕，回首星灯是我家。

洪城处处春光好

花绽枝头绿草长，轻风吹得满堂香。
洪城遍地春光好，策马腾云意气扬。

春 归

清风最是撩人醉，月季花开点点红。
长恨春光留不住，来年依旧识相逢。

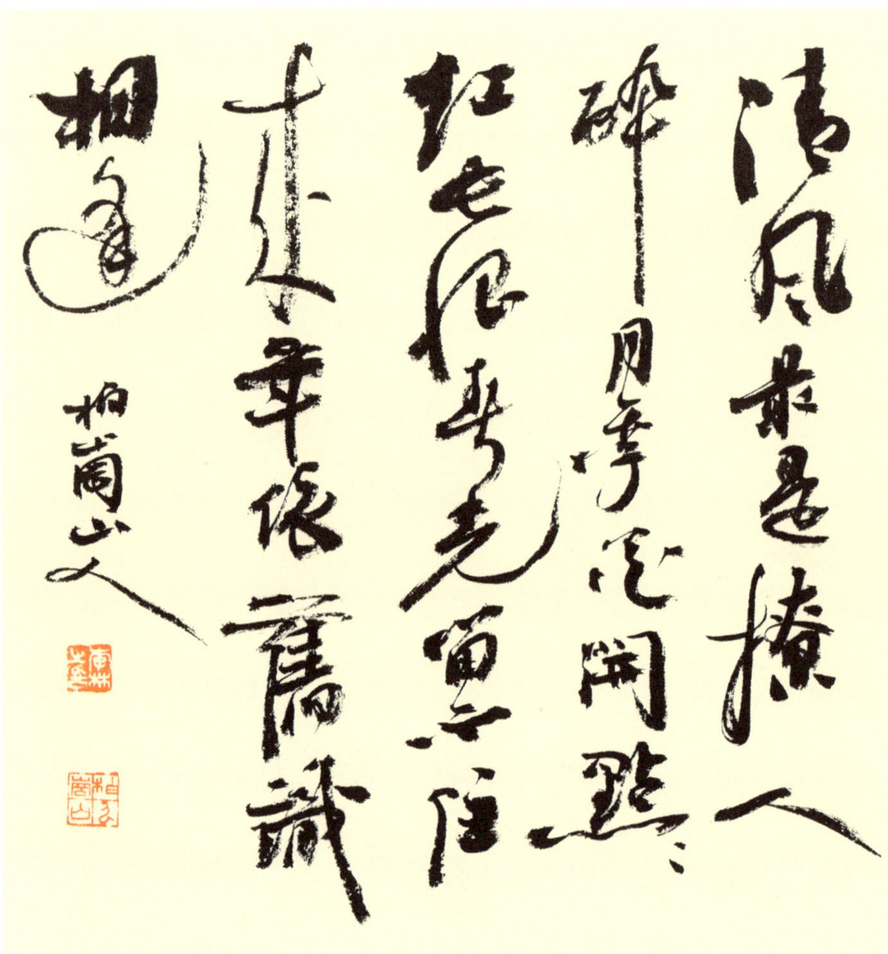

春光美

目送归鸿雁，清风灏漫天。
春山空翠绿，花海竞相妍。

春天里两则

（一）

塞北花飞尽，江南雾漫亭。
阳春潜入梦，又见杨柳青。

（二）

春风渐染青山翠，遍地桃花淡淡红。
古道清亭逢异客，轻舒一笑尽言中。

青山湖春景

春雨如烟凄草绿，青湖荡漾柳丝羞。
岸边逸客春风沐，几片轻舟水上浮。

踏　春

旷野风和暖，阳春户外欢。
时花招逸客，惬气贯云端。

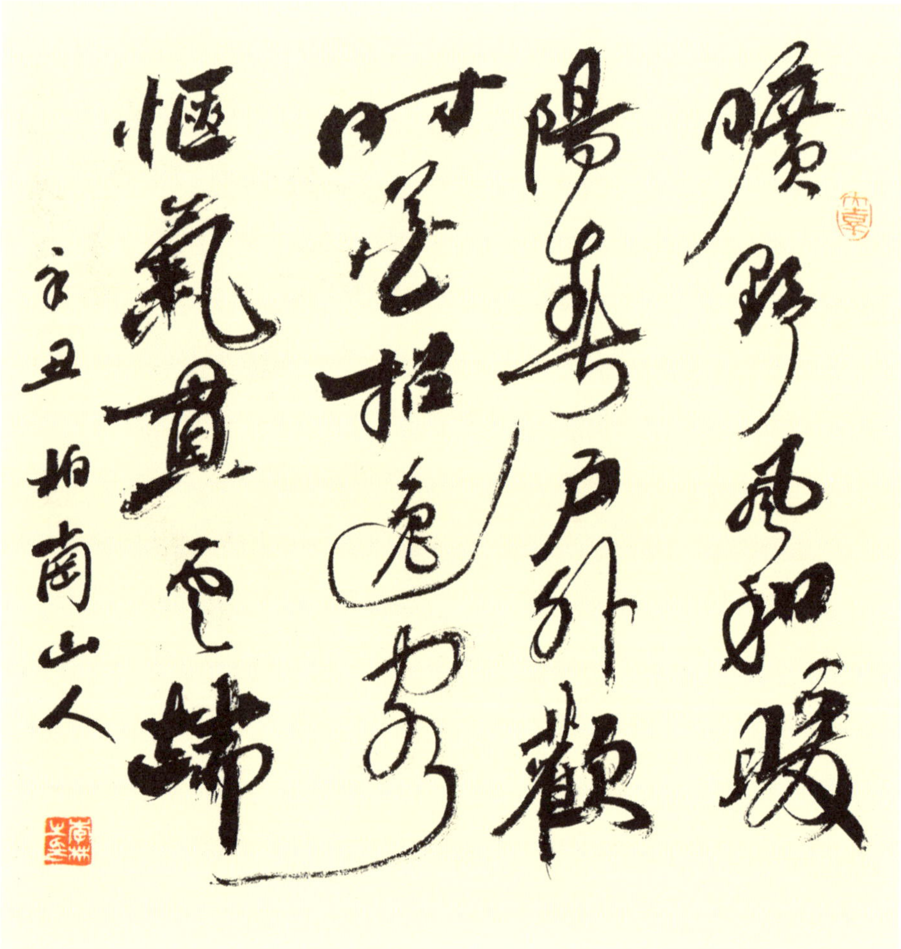

春暖花开

雁叫天穹似眷留，千红万紫别来秋。
偷闲伴得逍遥日，坐看春江独自流。

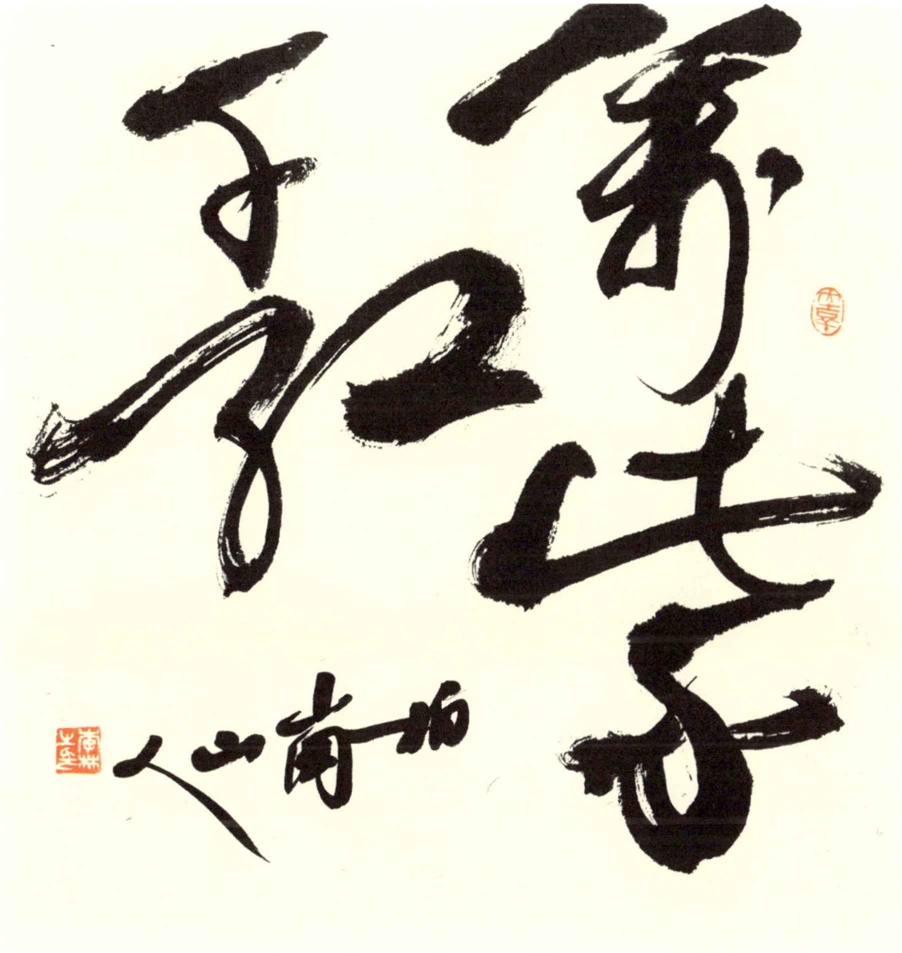

寻春偶得

云归雨过寻春令，幻境皆虚几度明。
遥看窗前风急夜，江河那得水清平。

春 游

蓝天花海香泥径，四月云飞野甸坪。
莫待芳菲前夜尽，空留恨紫怨红情。

春日黄昏

赣水霞光映，春风醉晚晴。
休工归倦客，踏浪放歌行。

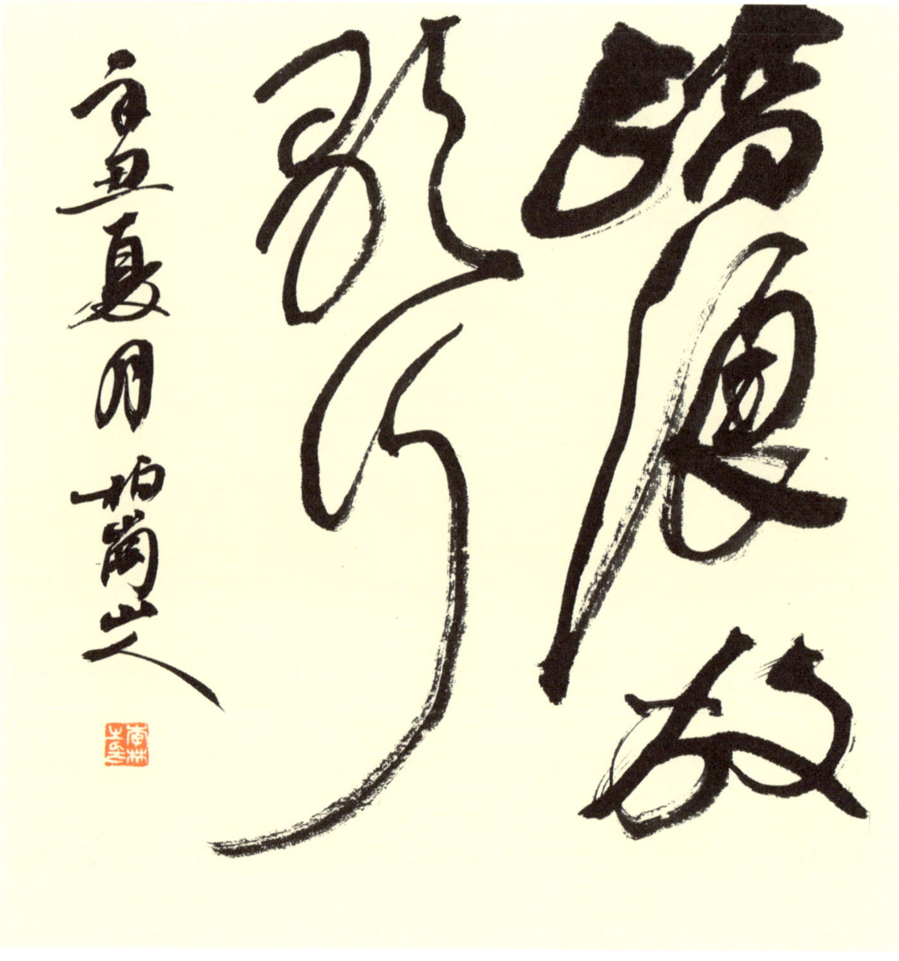

春回大地

柳绿阳和姹，冬梅未谢花。
寒归风自暖，桃李映朝霞。

春雨丽人行

春雨绵绵深入梦，沙洲一夜没江中。
云烟隐隐青娥湿，慢步轻盈沐惠风。

春满人间

阳鸟和鸣春意闹，风娇雨媚草茵欣。
浮云淡净含情过，柳叶翻飞似绿曛。

春意盎然

暖日初春别样风，茶花落地满园红。
洪城老树堆新绿，鸟雀枝头嬉闹中。

笑 春 风

柳色新烟绿，江河日向东。
连天朝暮雨，谑笑问春风。

辛丑第一声春雷

黑雾乌云泛急风，春雷阵阵响长空。
倚窗眺望衔烟水，一片茫茫坠混濛。

春风春雷春雨

郁雾连江花叶坠，惊雷骤雨柳丝飞。
倚栏望断天宫路，拂面春风入锦帏。

春雷春笋

枯枝老树娇芽嫩，雨后轻风碧草生。
已是初春无客问，雷惊竹笋满园声。

春　愁

碧水云烟画外楼，琼花似锦满枝头。
春风不识愁人意，远处漂来一叶舟。

春　愁

作谢春风拂面留，昔年岁月可回头。
红尘独立多情苦，但见孤云雁散愁。

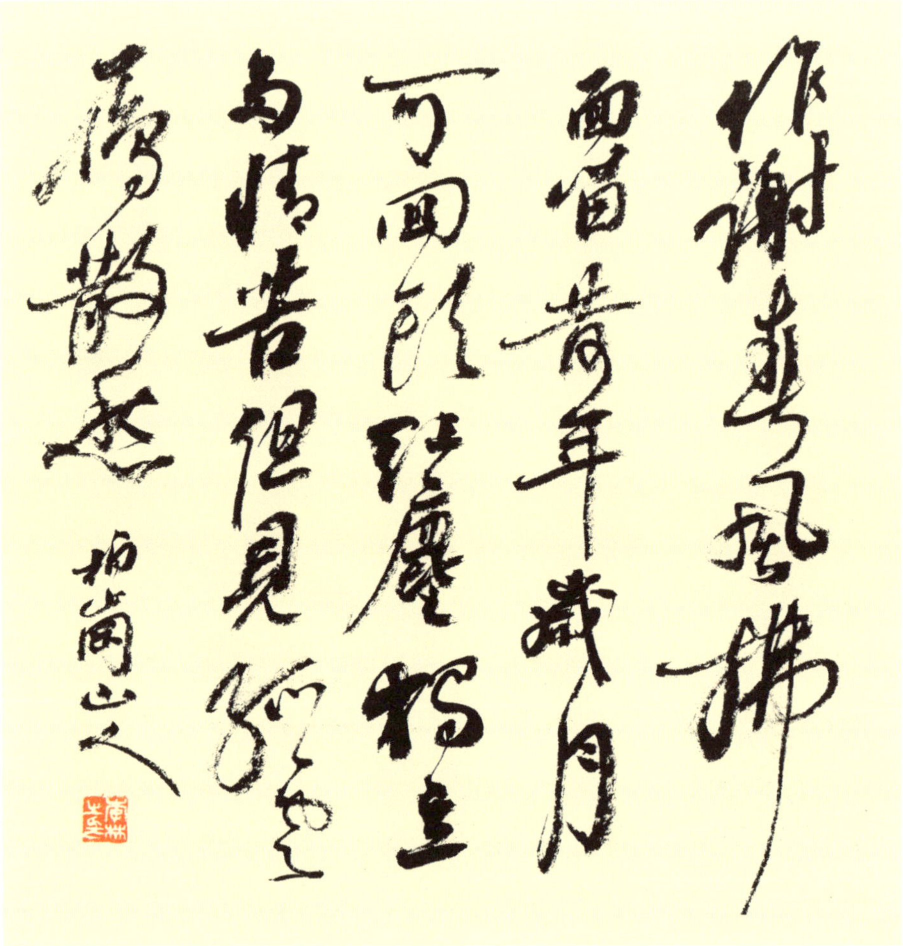

孟春感怀

草木初萌山水醒，蜇虫始振远犹听。
东风解冻花成海，岁月云笺隐画屏。

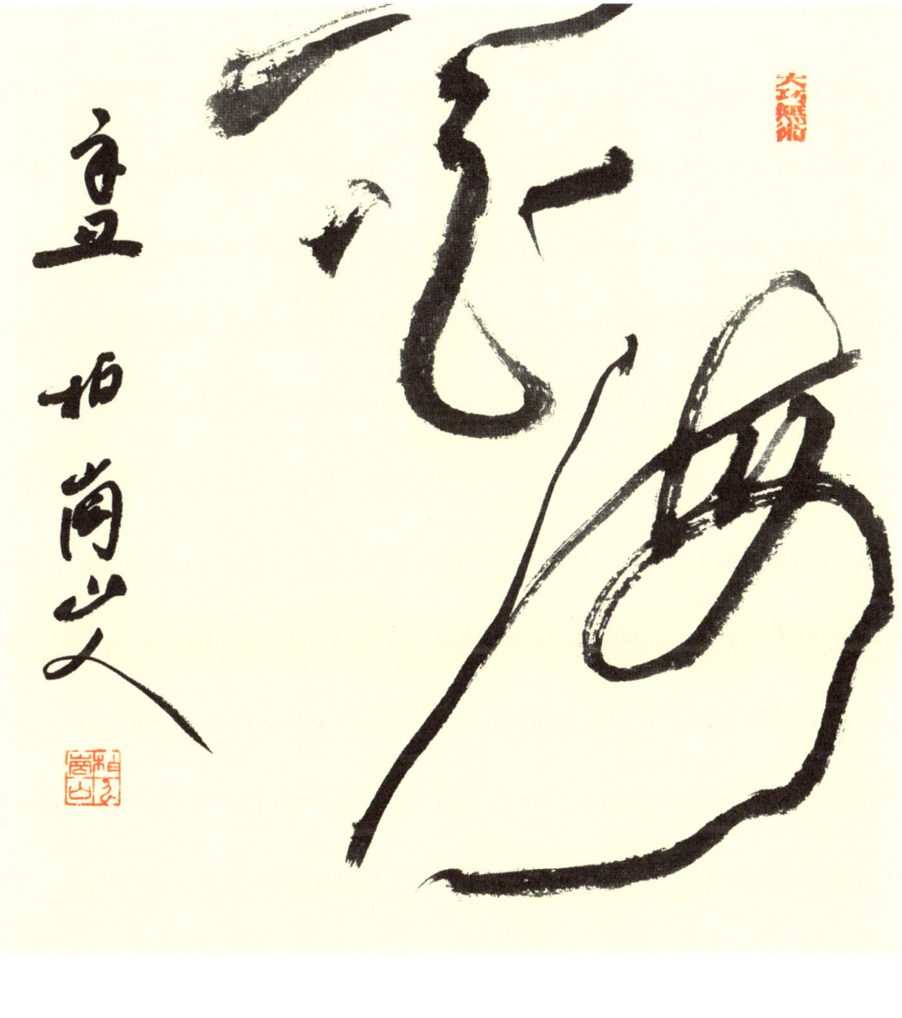

春　怨

风吹柳絮院庭香，不觉思量怨夜长。
寂静倚窗空晓镜，可怜别泪暗轻妆。

初夏意趣

草密丛荫零散雨，芭蕉渐绿稻蛙鸣。
春蚕饱尽新桑叶，只为倾心不了情。

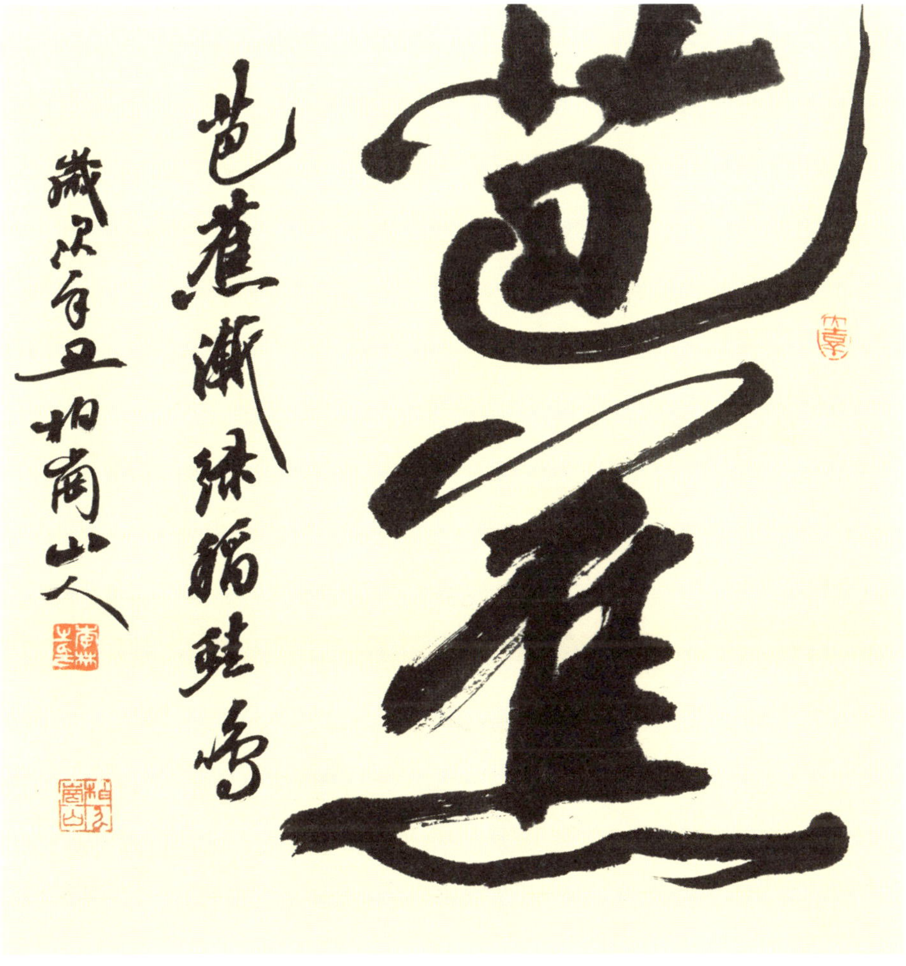

乡间夏日

彩蝶双双戏涧芳，鸭儿踏浪闹池塘。
边携齿稚边摇扇，自是人间好景光。

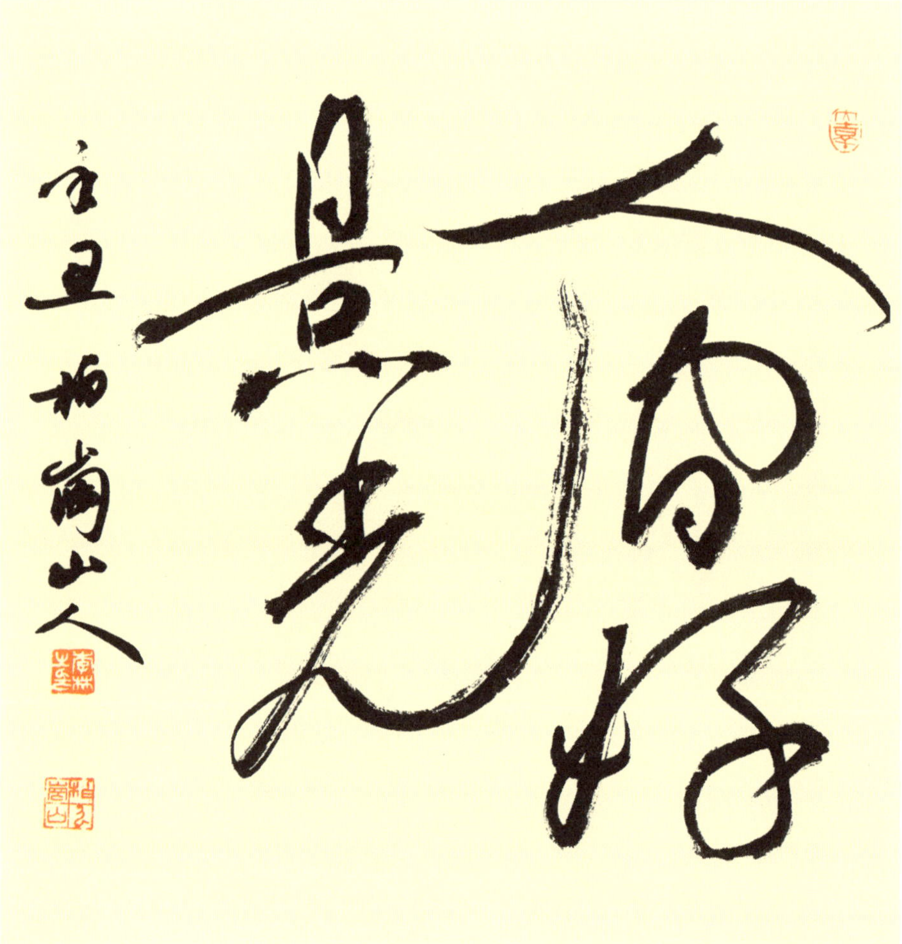

夏日鸣蝉

烈日凌空照，蝉鸣椵树遥。
藏身何处是，举目觅枝条。

夏日遐想

畅叙清风碧水前，星移月影木房眠。
余生若隐殊灵境，愿作蓑翁效米颠。

夏去秋来

夏去残荷乱，秋临茉莉轩。
缘来缘聚散，默悟勿轻言。

红谷滩秋色

三角梅初绽，红枫染谷滩。
谁言秋寂寞，处处叶流丹。

秋色依旧

青霜玉树华灯挂，隔岸红枫垒九层。
未见秋声随序去，悠然远处一贫僧。

秋日狮子峰

又到波斯菊盛开，洪城广众踏歌来。
泮溪湖面烟波渺，峭壁狮峰照景台。

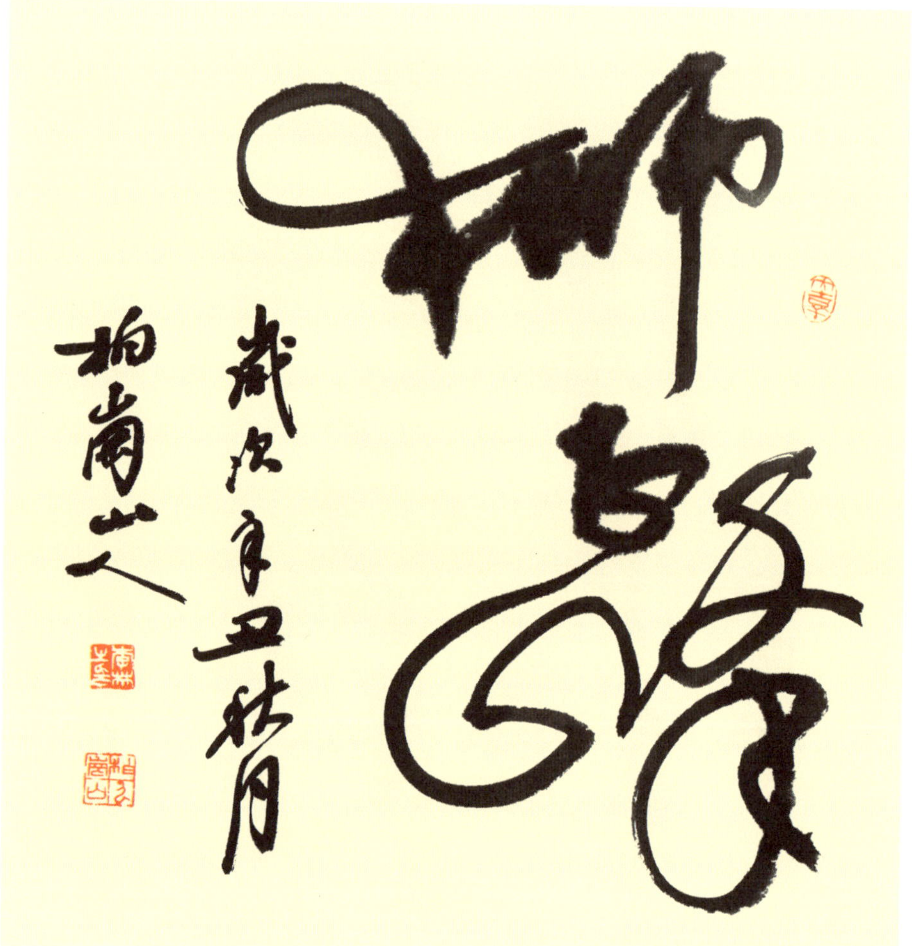

青山湖秋色

和风拂柳青湖荡，潋滟清波映玉窗。
远韵幽林金色染，仙翁信步唱花腔。

注释：观德智先生摄影，秋风轻柔，秋波温婉，秋月清丽。

秋意浓浓

银杏金黄漫野歌，九花灿灿映长河。
枫林五彩云烟绛，朱果通红苦历多。

注释：秋日，野外尽是金灿灿的银杏，纷纷洒洒；云下，山间飘散五彩斑斓的枫叶，层林尽染。

秋日云亭外

烁日横秋飞炙浪，长空雁叫鸟鸣悲。
星稀月朗云亭外，远处凉风几阵吹。

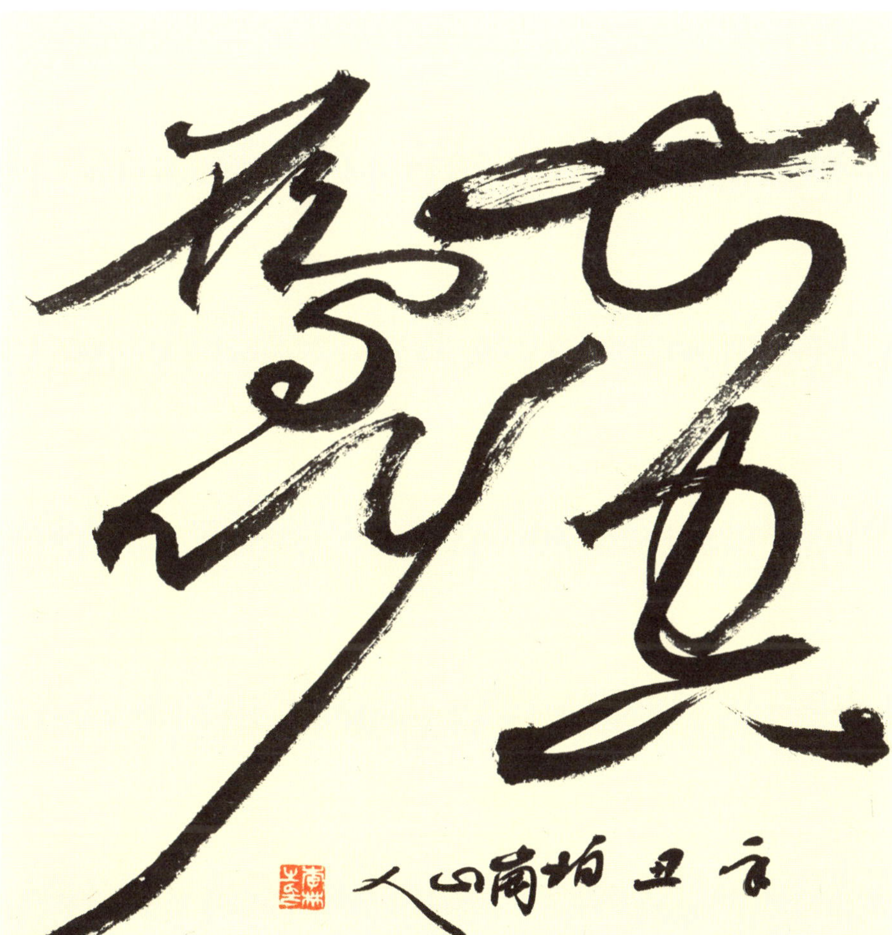

秋蝉秋雨

日暮微风起，清凉树上栖。
秋蝉鸣怨詈，雨后更孤凄。

秋日私语

群山一字云中鹤，草盛闲牛慕碧空。
白鹭随身轻细语，几声似诉邂罡风。

大雄山秋夜

遥看青山葱翠竹，鸡鸣溪畔犬儿孤。
夜来户户门前坐，不觉星移似白驹。

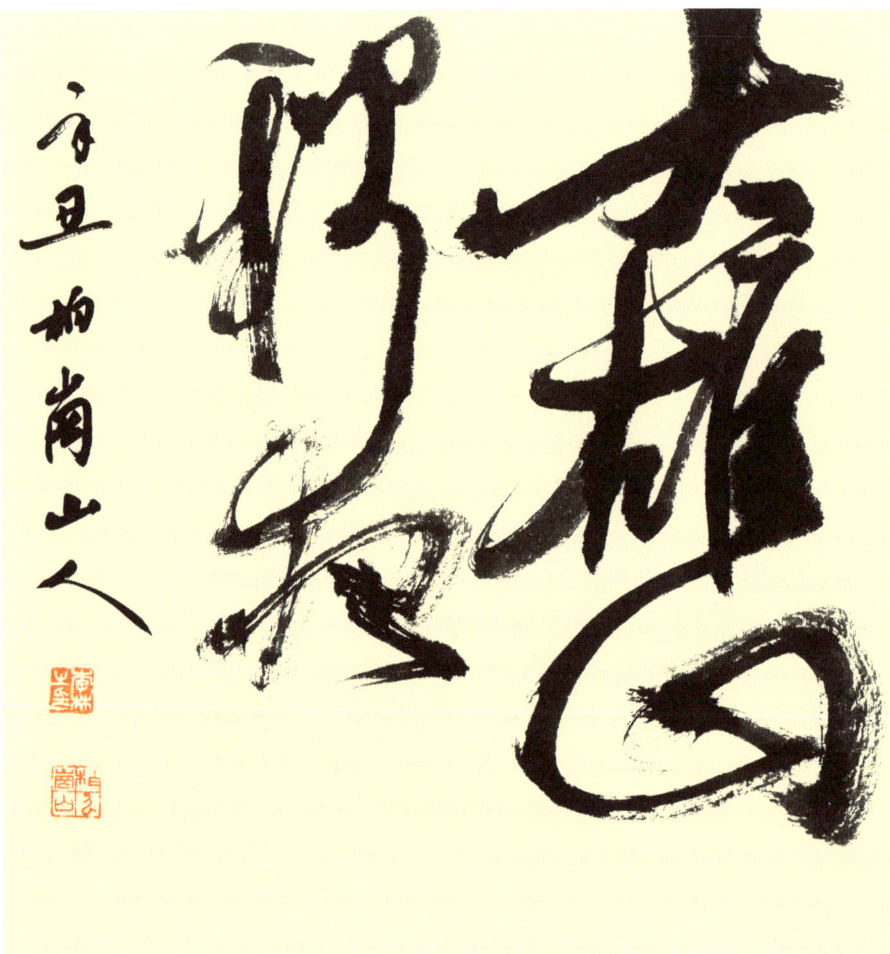

豫章秋思

赣水悠悠独自流，鹜飞霞落映洪州。
才辞炎烁攸长夏，又见鸿归闹稚秋。

秋夜静思

连天秋水悠然至，卧看云山夜雨时。
半醉推窗听叶落，如烟往事已迷离。

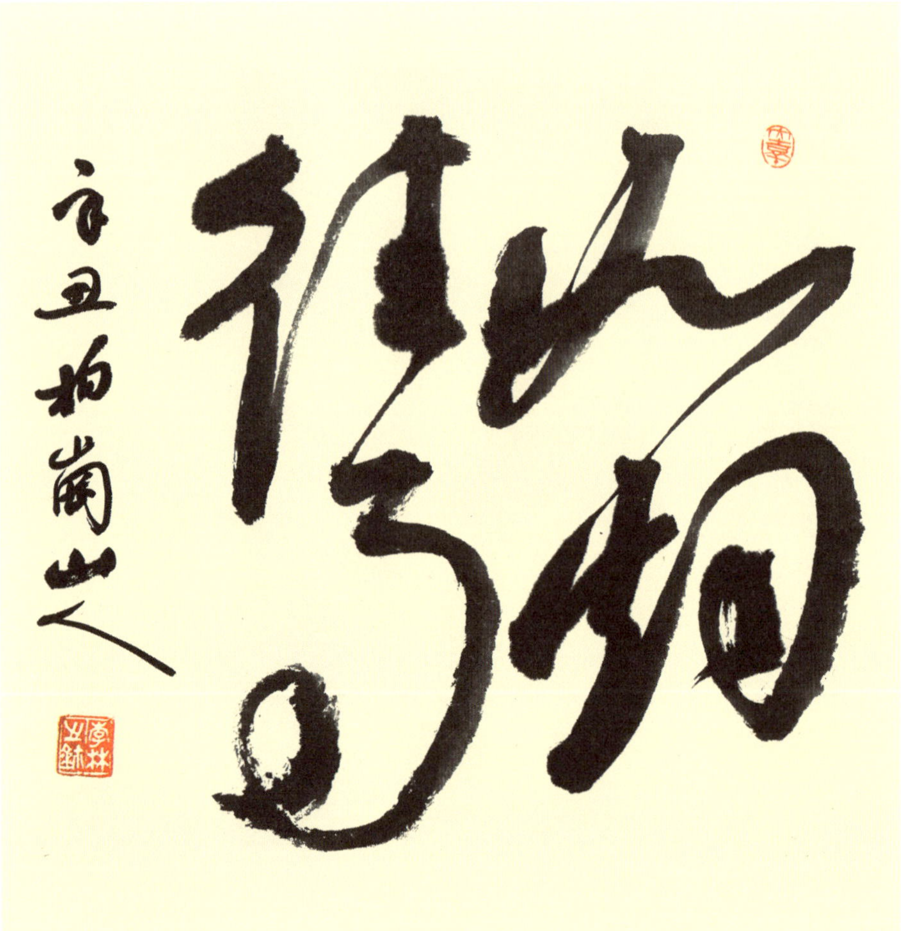

无 题

叶落秋山鸟语哀，凋零草木待梅开。
菊花独自衔香去，大雁南归一阵来。

冬日听落叶

聆听叶落心灯远，莫问凡尘世外天。
且共从容风雨夜，池塘月映半婵娟。

初冬村景

冷絮荻花遍野飞，金黄稻穗麦浪吹。
塘鸭戏水招游客，老叟垂髫喜上眉。

初冬咏怀

初冬岁晚生清露，对影孤琴落日晖。
万里茫茫轻淡月，神鹰振翅驾云飞。

冬　韵

冻雀吱呀日落斜，南飞候鸟寄谁家。
云深旷野苍茫外，久闭心扉半碗茶。

冬日恋歌

窗外笙箫飞小令，忽扬忽抑到天明。
日升海上西山落，未必花开拣晌晴。

冬日夜话

苍凉淡月风亭冷，庭院星空一雁声。
小径幽清霜满地，孤灯子夜伴诗情。

冬日寻梦

翠绿群山冬日寂，深林小道影孤斜。
寻幽一路风声疾，远望悠然有住家。

冬日赣江

腊月晴川寒未尽，窗前眺览叶舟浮。
滩涂远处江心客，日落霞飞映眼眸。

踏雪抒怀

寂寞斋心夜，寒亭踏雪人。
功名衔利禄，聚散笑凡尘。

冬日抒怀

皓月临空山寂寂，幽兰淡净眼昏昏。
华年毕竟东流逝，莫怨芳香未入门。

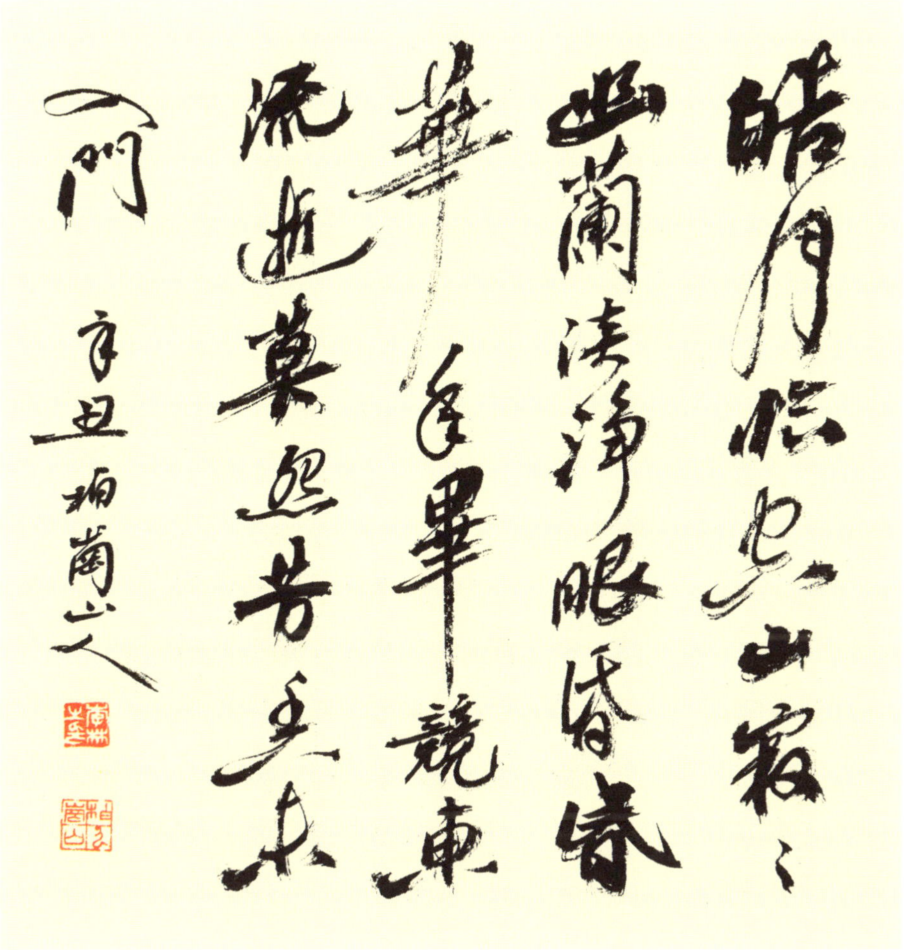

冬寒夜话

驿道寒梅新雪降，飞霞落日水中藏。
星光负我清霜夜，邀月轻歌举玉觞。

二月紫兰花开

二月朱兰粉嫩开，一群蝴蝶闹春来。
芬芳路上仙姝俏，土灶烹香味蕾催。

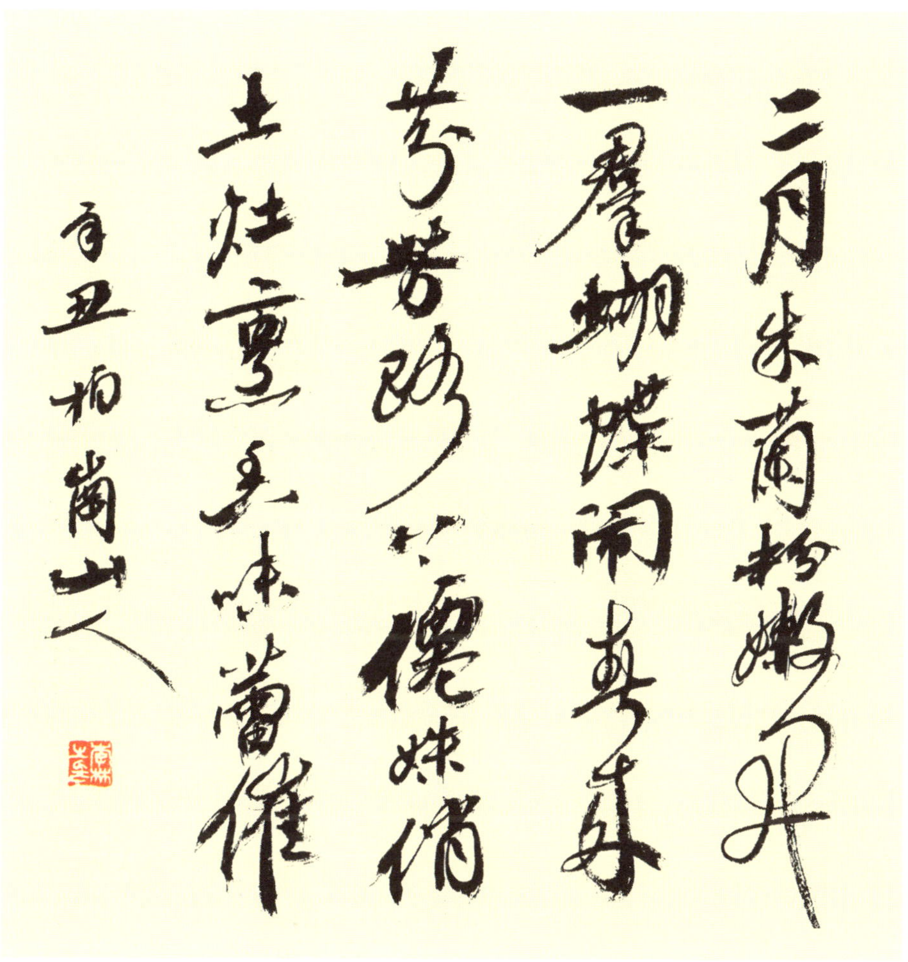

桃 花 吟

日落山泉煮老茶，一壶秋色醉残霞。
桃花笑颔青苔上，作弄琴弦觅社家。

驿外幽兰

雨后深林壑，春来换彩妆。
芝兰幽谷处，含笑自芬芳。

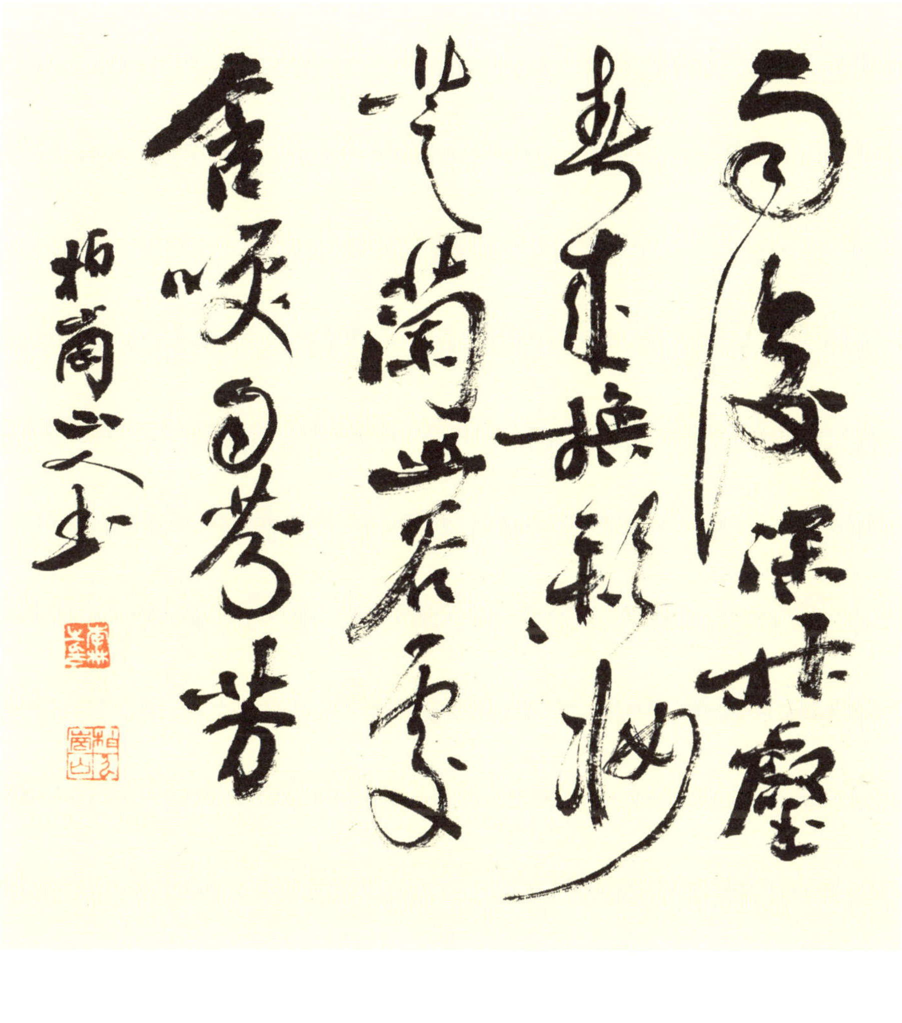

油菜花开

建卯熙阳照碧空，金黄遍地醉春风。
佳人细步花前戏，一路轻歌入画中。

梨花绽放

胜日春风暖，梨花绽一端。
鄱湖闲靓鹤，信步踏淤滩。

花　海

人间处处好时光，花海连天彩蝶忙。
遍野黄金滋玉叶，追风赶月饮留香。

注释：观安义花海。满山满垄，花海如潮。

紫藤花开

盛夏紫藤花瓣敞，漫天飞舞入楼台。
情生爱褪随尘去，一味清香寄梦来。

繁花斗艳

满室繁花韵，相争扈侍君。
主人知众意，斗艳勿殊群。

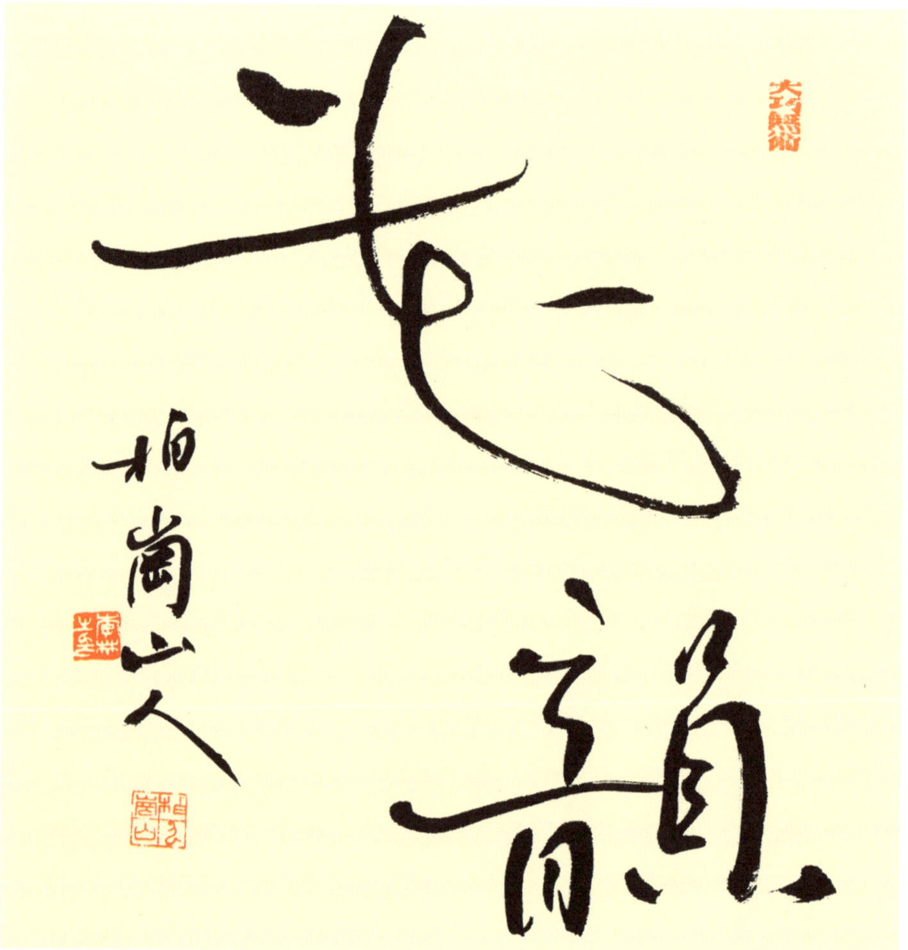

绣球花开

芸窗静坐冥思久，忽见盆花似绣球。
昨日蓝颜今夜绿，人生过客水长流。

梅花弄

岁晚冰霜冬渐去，梅花有泪岂轻弹。
谁言傲雪凌风冷，莫道芳时彻骨寒。

寒梅斗雪开

老树枯枝白，梅花斗雪开。
寒风吹雾散，细雨洗尘埃。

红梅花开

细雨春风恋，红梅始盛妍。
云烟潜入夜，莫夜梦诗仙。

驿外寒梅

岁末繁花欲卸妆，深冬楝树挂清霜。
数声犬吠逍遥去，亭阁寒梅暗散香。

竹　赞

俯仰风尘青翠竹，依然四季一如初。
繁花借得春来艳，酷暑严寒气自虚。

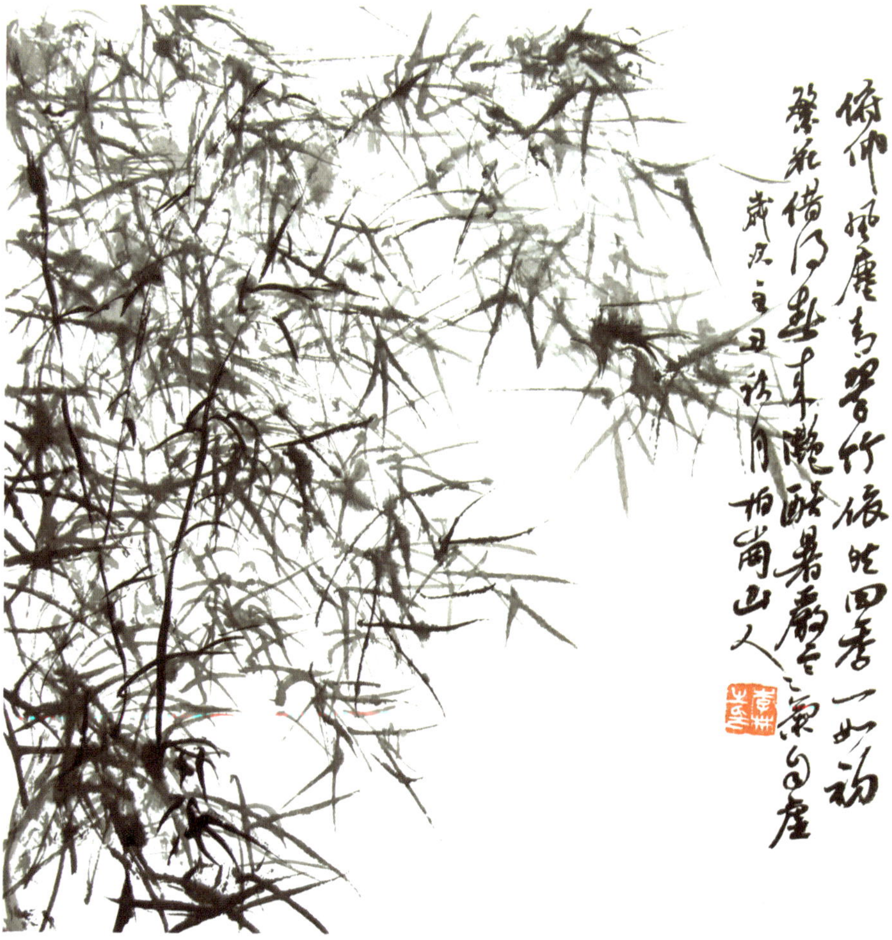

菩 提 叶

盏底菩提叶，幽深三界连。
芬芳缘未了，此物续先贤。

琼林叶茂

竹涧林荫消暑意，参天茂盛叶葱葱。
莺歌蝶舞迎宾客，辗转寻幽香径穷。

河边垂柳

远处青青柳，寒江独自流。
霜天连碧水，寂静素心修。

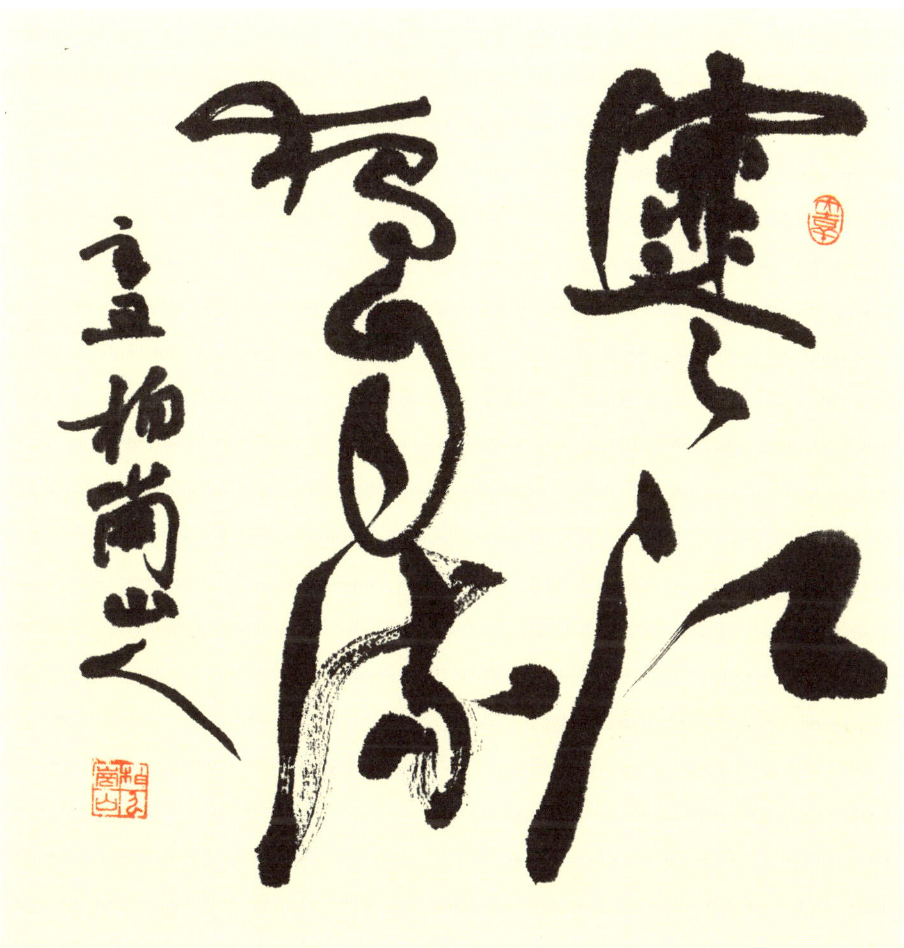

南矶观鸟

鹤舞澄空映碧湖，行人岸上霎喧呼。
南矶湿地迎归雁，痴客观鸿踏远途。

观鹭鸟感怀

初夏鄱湖林碧翠，万千鹭鸟聚山川。
苍穹俯瞰封枝雪，俏语喃喃日暮缠。

鄱湖候鸟

赣地鄱湖鱼草盛，南飞北雁劲风驰。
冰天终日无寒意，反哺衔啼忘苦悲。
冬尽春来欢笑度，等闲不觉信鸿离。
光阴似梦匆匆去，长恨依稀慢步移。

注释：每年秋末冬初，上百万只候鸟从西伯利亚、蒙古等地飞来鄱阳湖，和原来定居的野鸭、鸳鸯等一起过冬，直到翌年暮春。

鄱阳湖观鸟

玉露金风送鹤来，霜晨夙驾鸟观台。
齐飞万鹭纷纷雪，赣地云天朗日开。

雁 南 飞

塞上江南秋月夜，天涯望断已霜霏。
飘零满地催花老，大雁乘风少日归。

注释：晨观轻舟先生艺摄。

宾鸿北归

岁尽宾鸿秀，云天俏影留。
归乡时日近，不觉暗生愁。

雁　鸿

水瘦霜寒玉叶穷，青松傲雪郁茏葱。
鸟归日尽霞飞落，远望离人寄雁鸿。

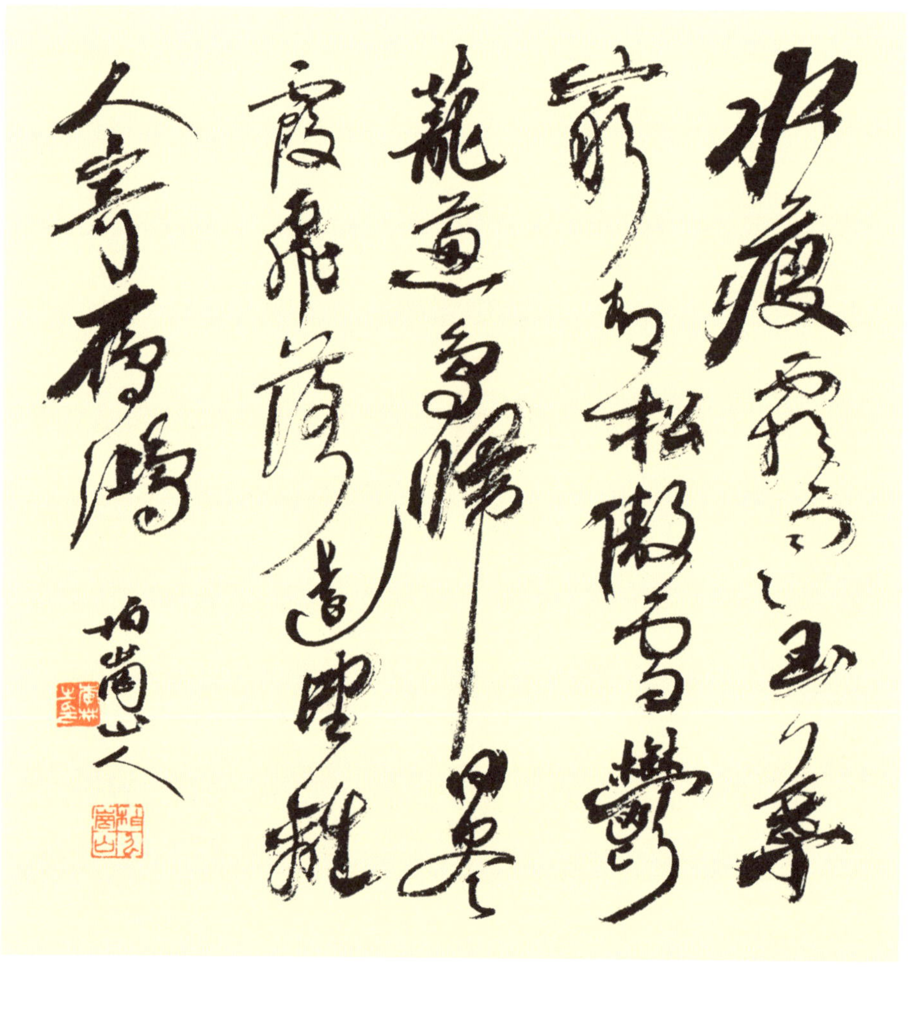

春来鱼儿戏水

僻径通幽处，春丝映碧湖。
游鱼知絮暖，戏水吐仙珠。

鱼 儿 弄 花

碧水云桥外，荷塘花盛开。
飞鱼撩静客，万象自缘来。

金　蝉

夏日骄阳熾，长空炙浪生。
金蝉轻落地，何故静无声。

卷四

悟大道

天下之本在国，国之本在家，家之本在身。大道之行，天下为公。愿山河无恙，人间皆安。

问　道

岚湖碧水微波荡，小径青苔漫道行。
油菜花开金灿灿，清茶坐问事何成。

悟 道

原野听溪花似海，迷津业障悟莲开。
人生百戏终归梦，脚踏青云履善来。

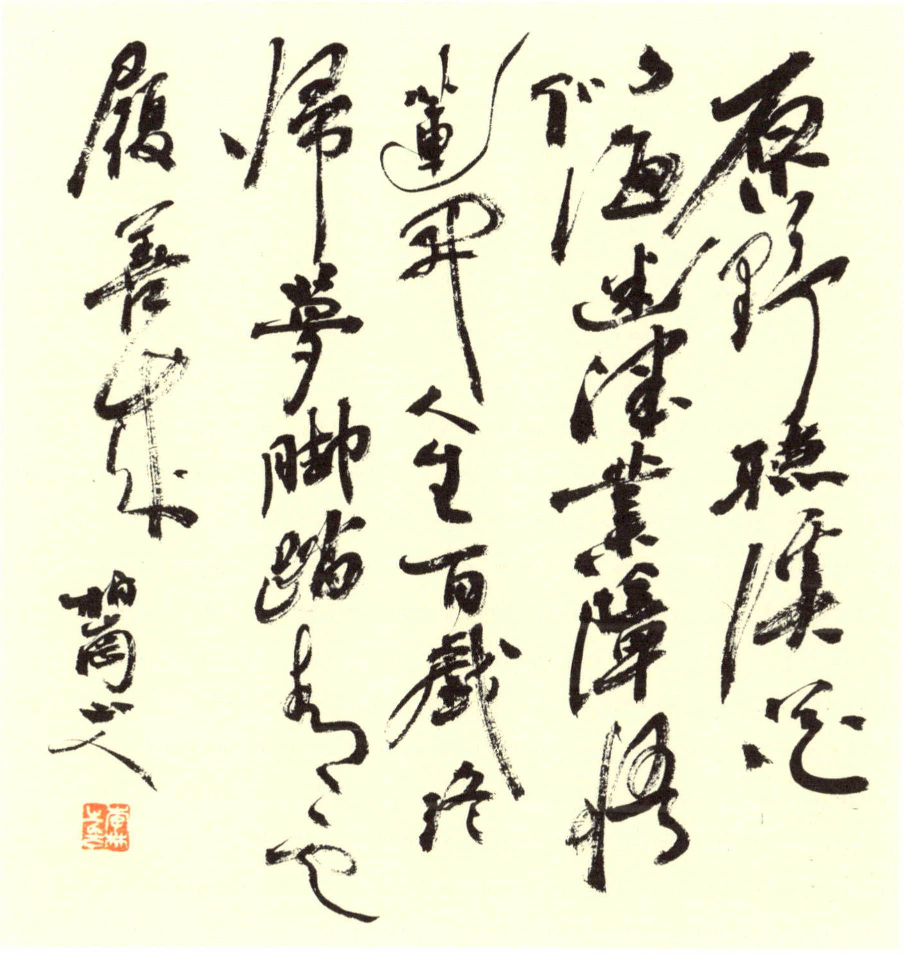

牵 手 洪 城

一轮晕月飘寒夜，万丈孤清映九河。
欲借云梯连广岸，幽情鹊渡唤嫦娥。

春满洪城

万里山川浩阔天，洪城柳叶展新妍。
眉间沐栉春风暖，曼妙甘霖捷报传。

洪 城 恋 歌

墨韵洪城赣水泱，清寒暖日舞霓裳。
流金梧叶喧纷下，我欲乘风起远航。

赣水滔滔

蛇舞长空泛慧光，稀声霹雳飓风狂。
楼台遐顾车行缓，赣水滔天白雾茫。

赣水吟三则

（一）

远处江心一草洲，闲行白婺望乡愁。
浮云日照波光潋，喜看清风鱼自悠。

（二）

终日雨丰晴乞觅，蝉鸣碧树鸟惊心。
滔滔赣水漫滩岸，唯见骚人踏浪吟。

（三）

赣水滩涂染白霜，烟波去日浩苍茫。
夜来两岸灯光秀，月映长天举酒觞。

滕王阁抒怀三首

（一）

瑰丽滕楼江水漫，飞霞映照彩云间。
春风化雨尘埃尽，疫退洪城焕笑颜。

（二）

秋风拂面添惆怅，远处依稀赣水边。
溢彩兰灯摇画舫，银屏珠箔映诗仙。
流光金色星溶滟，邀月深杯望九天。
滕阁无传多少事，今来唯有舞蹁跹。

（三）

寻梦滕王暮色朦，大唐盛世越时空。
子安广宴留吟唱，璀璨洪城不夜中。

瑶里风雨亭桥抒怀

茶马嘶声古道边，亭桥风雨历前贤。
青苔漫布阶坡上，世事沧桑话变迁。

注释：瑶里古镇始建于西汉末年，是景德镇瓷业的发祥地，为西汉长沙王吴芮、南宋开国侯李椿年、清朝工部员外侍郎吴从至等历史名人之故里。

游湖南醴陵渌江书院

九院延绵数百年，程朱理学至尊贤。
亭楼曲径依稀在，更有心泉润醴天。

注释：湖南醴陵渌江书院始建于宋淳熙二年（1175 年），理学大师朱熹两度在此讲学。王阳明先生于明正德元年（1506 年）途经湖南，慕名而来讲学并盘桓多日，因此声名大噪。

景漂夜话

江南客路尘情倦，唯待人稀独自怜。
宛转飘萍追梦日，东风夜半守溪川。

柴　窑

独爱柴瓷晕，天工巧绘春。

一窑生盛景，贵气满奇珍。

注释：柴窑是五代十国皇帝周世宗柴荣的御窑，创建于五代后周显德初年（954年）。

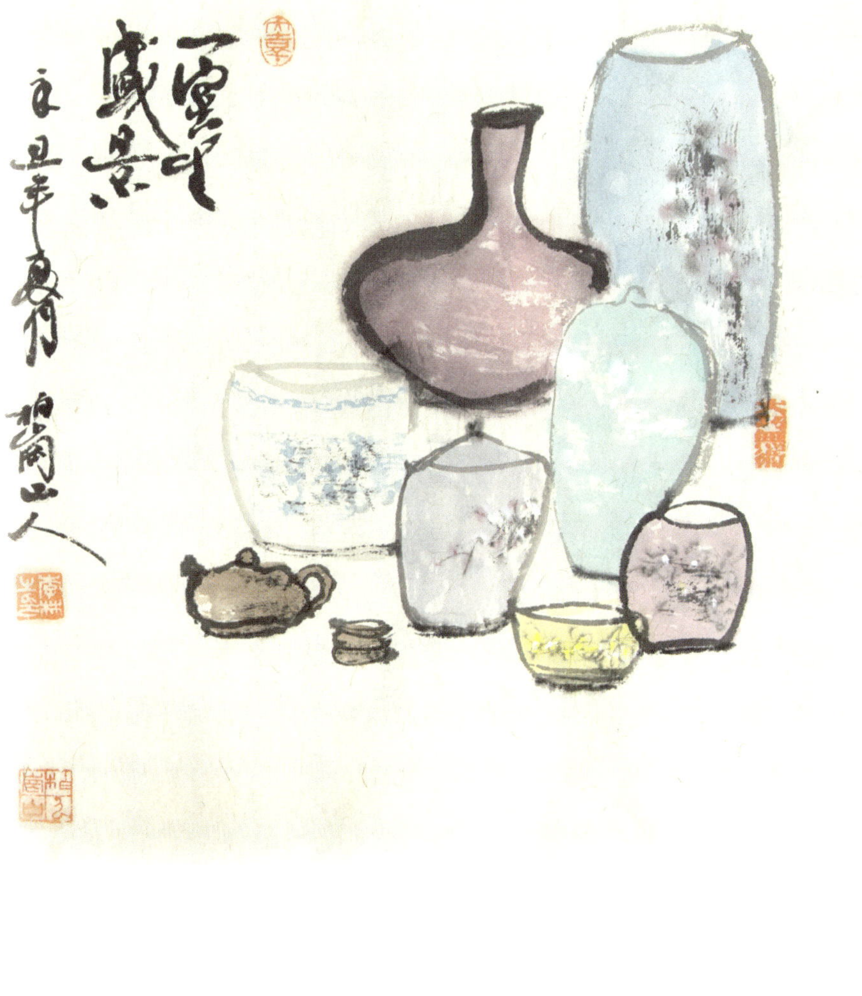

安南小镇

鹤引愁云离别梦，一行笃定踏巡青。
层峦红壤胜霞赤，小镇安南异域形。
菡萏吐香迎远客，幽林曲径水含灵。
喃喃细语同窗事，切切相依十里亭。

丹青古村

远处层山倒映池，云收雨过正当时。
飞风泼彩青丹绘，胜地相逢会有期。

百丈禅寺两首

（一）

千年百丈清规净，世外繁花曼妙音。
桥下潺潺溪水鹤，悠悠似悟大悲心。

（二）

十里清溪依古刹，晨钟未叩入禅房。
幽怀远望云中鹤，一阵秋风若见凉。

夜游陶溪川

夜市溪川幻，琳琅眩眼摊。
如云漂创客，举笔述辛酸。
灯火阑珊近，人闲我不安。
风餐随日度，可否有心欢。

注释：陶溪川位于景德镇东城区。2020 年 12 月 25 日被命名为“国家级文化产业示范园区”。

夜色流坑

寂寂苍天问，幽幽巷陌清。
秋风摇玉树，月下醉流坑。

注释：流坑古村，位于江西省抚州市乐安县牛田镇东南部乌江之畔，占地面积 3.61 平方公里，始建于五代南唐升元年间。

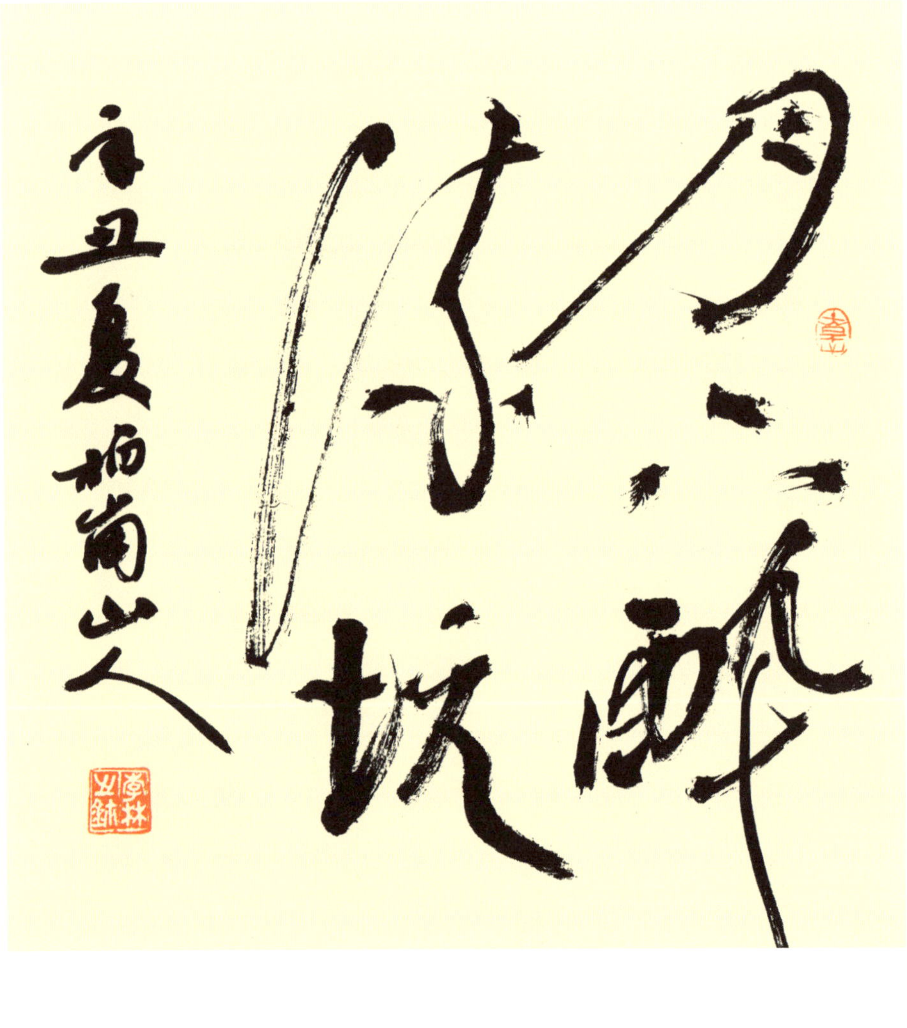

孤 舟 行

孤舟寒水外，一浆绿波开。
两岸春风度，船家喜上来。

画里醉诗

笑叹堂前画，何须满纸花。
山河闳浩阔，重墨绘中华。

古寺抒怀三首

（一）

古寺云烟涧，蛙鸣老树边。
梵音清且寂，玉笔绘青天。

（二）

远上砌阶望，灵花满院香。
青山环古寺，碧水映僧廊。

（三）

秀水奇峰郁树稠，烟香缭绕素心幽。
青灯黄卷窗前影，雾气氤氲万事休。

古镇探幽两则

（一）

古镇黎川望日东，丹青水墨映帘中。
鸡鸣犬吠催人醒，睡眼蒙蒙晓梦空。

（二）

墨韵江南小镇幽，染坊百世柞丝绸。
柳腰姿弄莲台秀，过客呆容杙步留。

曲径通幽

黏湿漶烦床上困，嫣红姹紫踏新春。
通幽曲径芳菲尽，粉黛倚窗露半身。

孤身寻幽

满面春风柳絮扬，平生半世著文章。
孤身漫步寻幽处，白首何曾怨日长。

炊烟问路

翠竹繁花蜂蝶问，幽深古道隐山中。
悭松几户丛林处，且向炊烟自化通。

随州银杏谷

遍野金英唱，深秋玉叶扬。
千年银杏谷，万树散芬芳。

注释：金英又称菊花。菊花开遍，秋容如拭。银杏千年，芳香不减。

西江古街

西江苗寨天边隐，琼阁飞楼彩带牵。
古巷嘎歌欢语笑，廊桥醉看柳如烟。
盈盈碎步轻轻舞，缥缥传觞缈缈前。
流水高山情长在，梦中不觉会群仙。

注释：观轻舟先生艺摄，嘎歌古巷为西江文化古街，高山流水为西江饮酒方式。

闹市天香园

落日蹁跹聚赣都，朝飞百里钓鄱湖。
霞光映照林荫鹭，闹市安家岁月腴。

注释：天香园始建于 1976 年，占地 84 公顷，现有花卉、亩木 2.6 万余株，被称为“鸟类的天堂”。

无　题

奇邃紫钗蓝映月，汤翁亭下梦花王。
南珂空载千年泪，唯待邯郸放异光。

注释：汤显祖戏剧节暨国际戏剧交流月在汤显祖故里抚州拉开帷幕，有幸观摩以《牡丹亭》为代表的“临川四梦”，不胜感慨。

南湖红船颂

云开地动沧桑变，一苇轻航载史篇。
湖畔红船依旧在，岸边小树已参天。

井 冈 颂

圣火蓝天轟，燎原邃始初。
青松英烈绕，万古不消疏。

下沙窝

秋风瑟瑟下沙窝，赣水滔滔万丈波。
血沃中华何惧死，清贫绝唱斩阎罗。

注释：1935 年，南昌下沙窝，革命烈士方志敏倒在敌人的枪口下。如今，在他为国捐躯的地方建起了方志敏纪念广场和方志敏爱国事迹陈列馆。

纪念八一南昌起义 92 周年

八月风云聚赣鄱，深宵四面响铜锣。
长枪嗥啸寰瀛震，自始红星耀九河。

弘一法师

旷世悲欣皈向佛，空门静卧悟宗多。
长亭不碍飞云度，古道清音伴达摩。

注释：张杰先生画作《记忆：弘一》。李叔同，号弘一，中国近现代史上杰出的高僧，也是“二十文章惊海内”的大师。

赞南澳桥

海上游丝矮塔桥，波涛浪涌入云霄。

环山曲径连天岛，雾隐琼楼起大潮。

注释：南澳大桥是广东省汕头市境内连接澄海区与南澳县的跨海通道，线路全长 11.08 千米，全桥长 9.342 千米，于 2009 年 1 月 20 日动工兴建，2015 年 1 月 1 日通车运营。

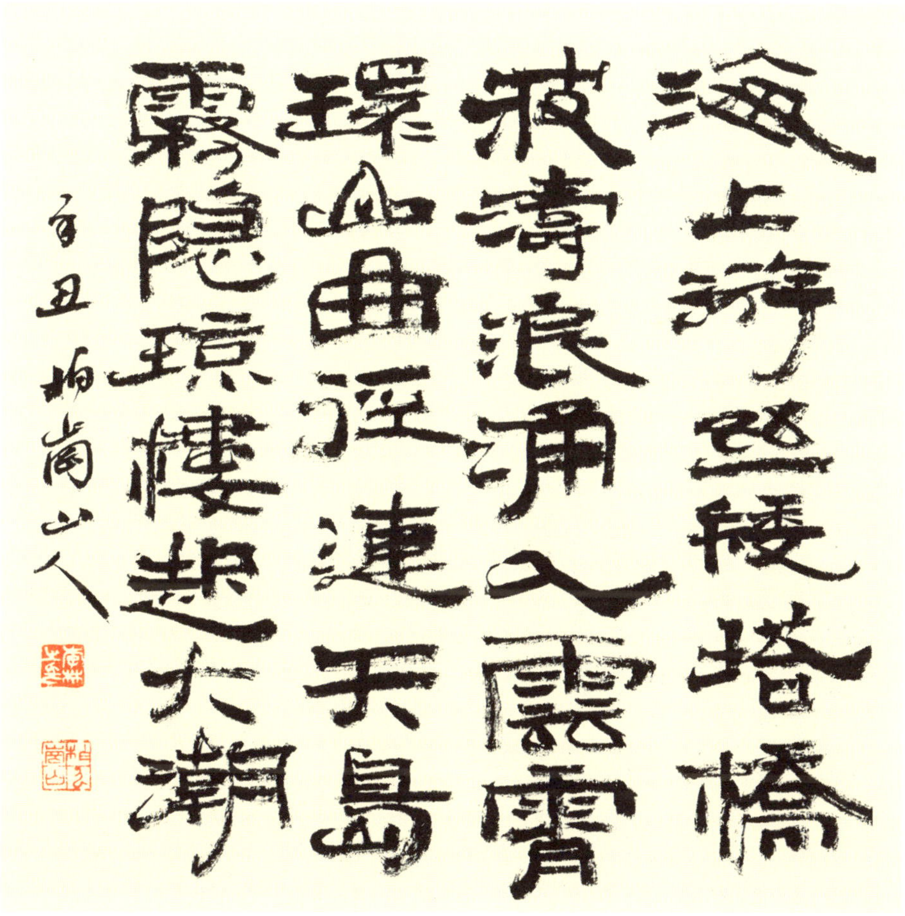

雨　水

雨润声轻杨柳翠，幽蹊楝树有嘤鸣。
若无瘟疫骄淫肆，满院春风把客迎。

江城依旧

远眺朝霞晨雾出，莺吟燕舞入屠苏。
大江依旧穿城去，绚烂樱花满鄂都。

哀 悼 日

江城战役欷歔涕，举国哀思下半旗。
又到清明魂断日，音容宛在已迷离。

乡村见闻

陌上青青野草长，田间地里备耕忙。
远山轻雾蒙村舍，疫退初晴喜欲狂。

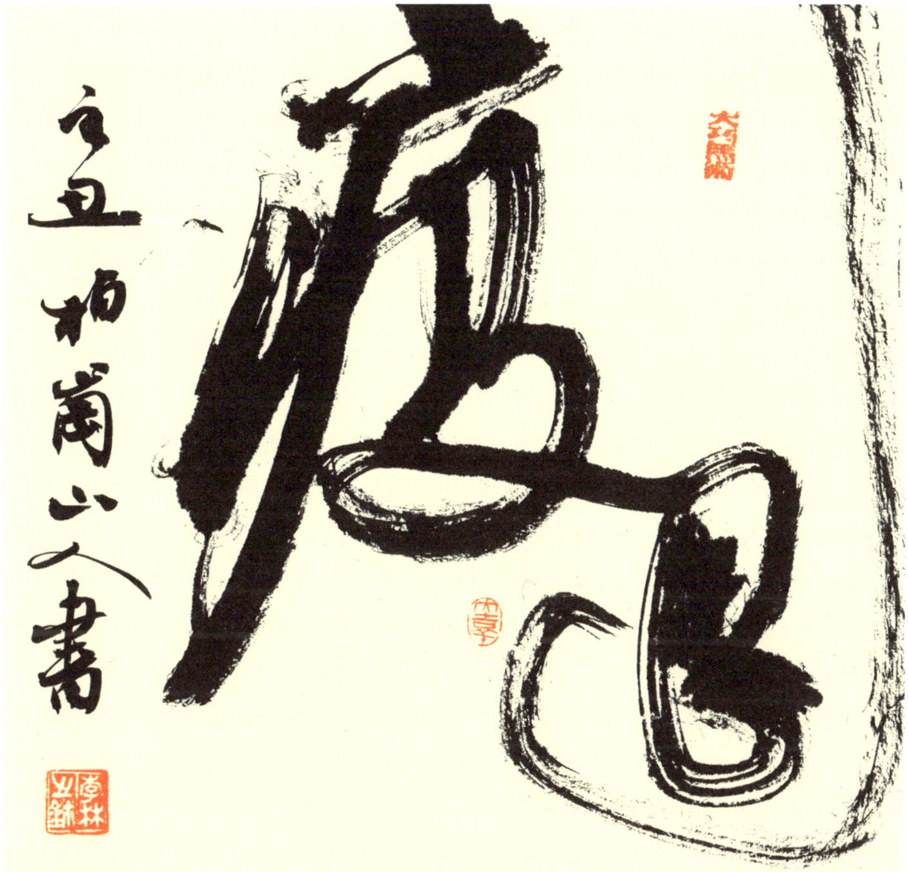

三八国际妇女节感怀

春风春雨鸾花灿，正是鸳鸯戏水边。
战地白衣凝净眼，仁心济世患忧牵。

百年未遇之洪灾

澍雨连江逢罕世，洪魔疫害两相依。
苍茫大地无安处，人定胜天耀武威。

岁末情怀

雾里观花辞旧岁，洪灾瘟疫鼠开先。
神州极目沧桑迹，背负青天跨瑞年。

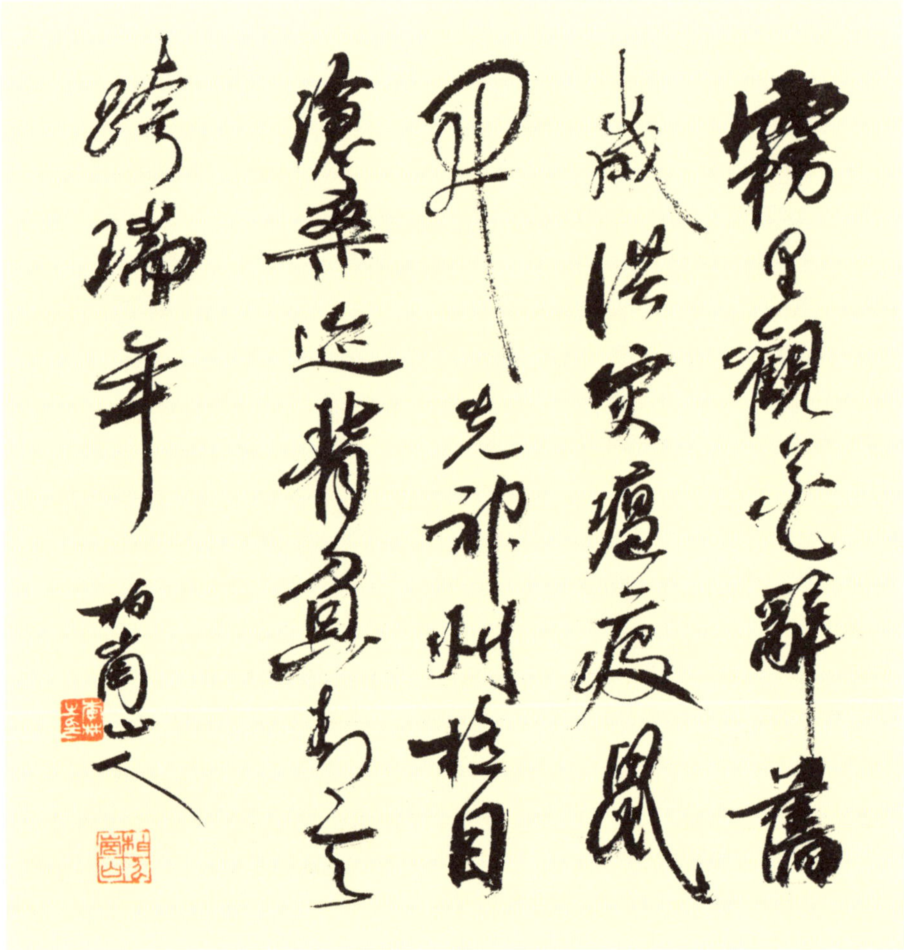

洪灾后重插新秧

碧翠禾苗种，浮云染半空。
轻风催育穗，遍野绿葱葱。

抗洪四则

（一）

九载先时抗大洪，炎炎夏日挂苍穹。
查巡昼夜英山垱，冒暑兼程苦战中。

（二）

炙烈炎风堤上闷，连宵达旦号声呜。
搀扶老幼安居处，恶战洪魔惧死生。

（三）

洪魔肆虐灾情重，迷彩如风岸上冲。
烈日熏蒸难夜寐，来时白面换青铜。

（四）

警号危声响，圩堤赤帜扬。
男儿何惧苦，气壮步铿锵。

后记

平生有五大癖好：琴、棋、诗、书、画。

文人寄兴，酒边命笔，泼墨抒豪，拍案而歌。诗书画三艺，皆源自生活的真实记录与文化的深刻感悟。将诗书画融为一体，追求一种文化品格与诗情画意的境界，是历朝历代文人孜孜以求的终极目标。

我是一个公务之外比较随性之人，虽自弱冠之年即志于翰墨，可谓与诗书画缘定终生，但从未想过出一本集子。承蒙福如先生的指导和厚爱，并时常嘱咐于我："既然诗书画是你业余生活中最喜欢的事，就不妨出一本诗书画集。"在他的督促之下，使我势成骑虎，不敢疏懒，不敢放弃，历经近半年的筹备、创作、整理和编辑，付梓而成此集，算是对我近来爱好的一个小结，更是对自己诗书画创作的一次审视与校正。因形式需要，在诗中采用了古体，由于时间仓促，在创作及编辑过程中错误与疏漏在所难免，恳望诸位方家指正。

在此过程中经历了诸多困难与艰辛，但得到了老领导、朋友及诸同事的友情襄助，使之顺利出版。仕灿先生虽远在瓷都，但百忙之中仍拨冗为拙集作序；福如先生一再敦促我适时完成并帮助我联系出版；吴尔泰老先生虽年岁已高，却诲人不倦，对拙作提出很多宝贵意见；张杰先生亲自为作品集进行设计、题写书名，谆谆教诲，历历在目，使我对书画艺术有了更深的认识和理解；刘文晔先生编辑大纲，撰写注释，为此集的顺利出版付出了大量的心血；熊梓昕、程弈畅等一直努力跟进，精心帮助编汇整理，付出了诸多的辛苦；其余如潘睿、罗玉婷、李建国、黄若颖、陈诗琪等诸同人，也参与了后期的拍摄修剪及校订整理工作，在此一并致以谢忱！

诗书画是一个情感投入的过程，是心迹的表达，更是阅历、学识、修养的综合体现。我对诗书画艺术的一种虔诚与爱好，源自在其中能够表达自我、塑造自我、提升自我，借此修身养性，雅逸消遣，成为我每天生活中不可或缺的内容。石涛尝言“于墨海中立定精神，于笔锋下决出生活”。当夜深人寂，乘物游心时，精神随之远游，由此，足不出户，亦可万水千山。

艺海无涯，吾当终生以求。

李林

于辛丑年深秋